dtv

Reihe Hanser

Besonnen und gerecht regiert Tou-Ema seit vielen Jahren sein Volk auf der Osterinsel. Als er aufgrund einer Intrige des jungen Kontuac von seiner Insel verbannt wird, sinnt er auf Rache und stürzt sein Volk in Not und Elend. Schließlich gesteht Kontuac seinen Betrug und Tou-Ema kann zurückkehren. Doch die Geister der Zerstörung, die er gegen sein Volk rief, kann er nicht mehr bannen ...
Ein eindrucksvolles und zugleich nachdenkliches Buch über Macht und ihren Missbrauch.

Roberto Piumini, geboren 1947 in Brescia, gilt als der bedeutendste Kinderbuchautor Italiens. In der *Reihe Hanser* sind bisher erschienen: ›Matti und der Großvater‹ (dtv 62065) und ›Eine Welt für Madurer‹ (dtv 62085).

Roberto Piumini

Motu-Iti

Die Insel der Möwen

Mit Zeichnungen
von Günter Mattei

Aus dem Italienischen
von Maria Fehringer

Deutscher Taschenbuch Verlag

Ungekürzte Ausgabe
In neuer Rechtschreibung
Juli 2002
Deutscher Taschenbuch Verlag GmbH & Co. KG,
München
www.dtv.de

Titel der Originalausgabe:
›Motu-Iti. L'isola dei gabbiani‹
(Edizioni E. Elle, Triest)

Umschlagillustration: Dieter Wiesmüller
Satz: Satz für Satz. Barbara Reischmann,
Leutkirch
Druck und Bindung: Druckerei C. H. Beck,
Nördlingen
Gedruckt auf säurefreiem, chlorfrei gebleichtem Papier
Printed in Germany · ISBN 3-423-62103-6

Für Gordon Matthew Sumner,
die gute Stimme

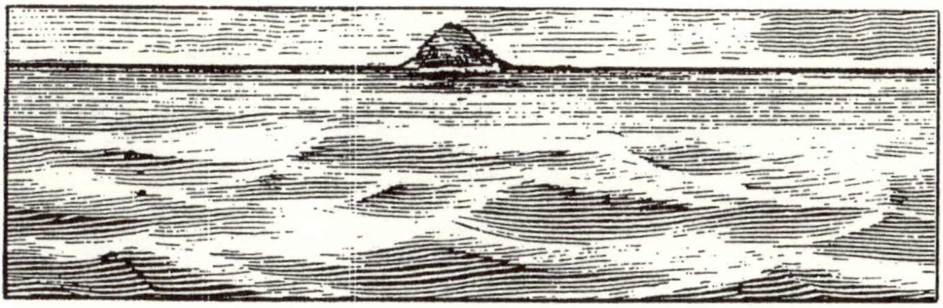

Erstes Kapitel

Wie weiß ich das, was niemand weiß?

Ich darf es euch nicht verraten. Würde ich es sagen, dann wüchse mir ein riesiger Hahnenkamm; meine Zunge würde zu glühendem Stein und kein Schluck Wasser könnte sie mehr kühlen.

Und da ich nicht will, dass mir das passiert, müsst ihr mir also glauben, was ich euch erzähle, und dürft keine Fragen stellen: So wie man, wenn man durstig ist, die Quelle nicht fragt, woher ihr klares Wasser kommt.

Zweites Kapitel

Mitten im Pazifischen Ozean liegt die Osterinsel; sie ist eine kleine Insel mit einem erloschenen Vulkan als einzigem Berg, und als Bewohner hat sie sanfte und kluge Menschen, die niemandem etwas zu Leide tun würden. Aber mehr als über ihre ruhigen Bewohner sprechen die Bücher über die riesigen Köpfe aus Stein, die in regelmäßigen Abständen entlang der Küste stehen und auf das Meer hinausschauen. Man sagt, es handle sich um uralte Grabdenkmäler, um religiöse Symbole: Aber niemand weiß wirklich, woher sie kommen und was sie bedeuten. Und es gibt noch andere Geheimnisse auf der Osterinsel.

Über die ganze Insel verstreut findet man Skulpturen, die einen Mann mit einem Vogelkopf darstellen; und in Steine, die »Rongo-rongo« heißen, sind Schriftzeichen eingraviert, die niemand lesen kann.

Ich kenne, wie schon gesagt, das Wie und das

Warum all dieser Dinge, auch wenn ich nicht verraten darf, auf welchem Wege ich es erfahren habe.

Jetzt aber will ich erzählen.

Drittes Kapitel

Die Osterinsel liegt ganz allein mitten im Meer, aber um ihre Einsamkeit ein wenig zu lindern, ragen nicht weit entfernt von ihr Klippen aus dem Wasser, kleine karge Inselchen, auf denen man kaum einen Grashalm findet, geschweige denn das Mäulchen einer Maus. Es sind gelbliche, ausgedörrte und verwitterte Felsen; sie wirken – und vielleicht sind sie es – wie riesige Steinsplitter, die ein Vulkanausbruch ins Meer geschleudert hat und die seither dort in der Sonne schmoren, mit Salz getränkt, und den ewigen Wind des Ozeans brechen.

Das einzige Leben auf den Klippen ist das der Vögel. Auf den einen nisten die Seeschwalben; auf den anderen, als hätten sie sich stillschweigend Hoheitsgebiete geschaffen, die schneeweißen, stolzen Möwen. Die Felsen sind fast vollständig vom Kot der Vögel bedeckt, so dass man ihre gelblich braune Farbe nur an wenigen Stellen sieht.

Zwei dieser unseligen Felsen, die beiden größten, sind für unsere Geschichte von Bedeutung. Der erste, der der Insel am nächsten liegt, heißt Motu-Nui. Er ist das Reich der Seeschwalben und liegt eine halbe Seemeile von der Küste der Osterinsel entfernt.

Vor langer, langer Zeit fand jedes Jahr zu Frühlingsbeginn, wenn die Zwergpalmen blühten, die Motu-Nui-Regatta statt. Es war keine einfache Regatta, der krönende Abschluss eines Festes oder ein sportlicher Wettkampf für die jungen Männer: In der Motu-Nui-Regatta wurde entschieden, wer das Jahr über, mit Hilfe des Ältestenrates, auf der Insel gebieten und Recht sprechen würde.

Jeder männliche Bewohner der Osterinsel, der nicht zu jung und nicht zu alt war, stieg unter wildem Trommelwirbel in sein Binsenboot und steuerte auf Motu-Nui zu. Die Aufgabe bestand darin, zu der Klippe zu paddeln, zwischen den Felsspalten ein Seeschwalbenei zu suchen, es in den Mund zu stecken, wieder ins Kanu zu steigen und zur Insel zurückzukehren. Die ganze Zeit schlugen die Trommeln. Kam man mit dem unversehrten Ei zurück an den Strand, so musste man damit die Trommeln berühren, bis sie eine nach der anderen verstummten.

Wer auf diese Weise die Trommeln zum Schweigen brachte, hatte gewonnen. Geschah es, dass zwei gleichzeitig zurückkamen, dann hatte der gewonnen, der die meisten Trommeln, deren Zahl immer ungerade war, zum Schweigen brachte: Aber das kam nur sehr selten vor.

Die Motu-Nui-Regatta hatte es schon immer gegeben. Auch die Ältesten erinnerten sich sie als Kinder miterlebt zu haben. Niemand wusste, wie sie entstanden war und wer die Regeln festgelegt hatte, und niemand fragte danach. Bis auf die Schwächsten hatte jeder männliche Bewohner der Insel an dem Wettkampf teilgenommen. Jeder hatte zu einer bestimmten Zeit seines Lebens dafür trainiert und war mit einem Ei im Mund die Hänge des Vulkans hinauf- und hinuntergelaufen. Jeder hatte gedacht, er könnte ein guter Häuptling werden.

Viertes Kapitel

Einen gab es, der war von seinem achtzehnten Lebensjahr an, als er die Motu-Nui-Regatta zum ersten Mal gewonnen hatte, sieben Jahre lang der Häuptling der Osterinsel: Und wer weiß, wie viele Jahre er es noch geblieben wäre, hätte sich nicht das ereignet, was ihr jetzt hören werdet.

Er hieß Tou-Ema und war ein Jüngling wie die anderen auch: dunkle Haut, ein lachendes Gesicht, schwarze Haare. Aber jedes Mal war Tou-Ema schneller als die anderen auf Motu-Nui, fand das Schwalbenei, paddelte zur Insel zurück und brachte die Trommeln zum Schweigen. Jedes Mal war er es, der den Korb mit den Fladenbroten bekam, die er dann an die Inselbewohner verteilte; danach wurde er von ihnen mit einem Kranz aus Kaimo-Blüten gekrönt.

Anschließend gab es ein Fest, das drei Tage und drei Nächte dauerte; die Trommeln und die kleinen Pfeifen, die die Inselbewohner aus Hölzchen schnitzten, welche das Meer anschwemmte, und die gespannten Saiten der Mankala tönten ohne Unterlass, so dass selbst die Seeschwalben und die Möwen höher als sonst über die Insel flogen.

Seit dem ersten Jahr seiner Herrschaft war Tou-Ema ein gerechter Häuptling. Er erhob seine Stimme, aber nicht zu oft; er dachte lange nach, bevor er eine Entscheidung traf, dann aber war sie klar und unumstößlich. Er hörte den Rat der Ältesten nicht nur der Tradition zuliebe, sondern um mehr zu erfahren und besser zu urteilen.

Tou-Ema war wie eine jener Palmen, die Sonne und Regen mildern, die Erde feucht halten und sie mit ihrem Blattwerk düngen, so dass ringsum gesundes Gras wachsen kann.

Die Menschen der Osterinsel liebten und verehrten ihn von Jahr zu Jahr mehr. Wenn bei jeder Regatta sein Boot als Erstes die Küste erreichte und der junge Mann ohne Hast und ohne Zögern mit dem Ei die Trommeln berührte und sich vor jedem Spieler verneigte, dachte das Volk der Osterinsel: »Er lebe hoch!«, und wenn die letzte Trommel verstummt war, riefen sie: »Er lebe hoch!«, wie sie jeder für sich gedacht hatten, und begannen am Strand und an den Hängen des Vulkans zu tanzen, auch ohne Musik. Und die Alten, die nicht tanzten, nickten zustimmend mit den Köpfen und sagten sich immer wieder:

»Gut, gut! Der Segen eines guten Häuptlings

bleibt über der Insel. Wenn alles im Lot ist, soll man nichts ändern!«

Doch seit dem fünften Jahr von Tou-Emas Herrschaft begannen manche unzufrieden zu werden. Einige der jungen Männer, die jedes Jahr Tou-Emas Kanu an sich vorbeiziehen sahen, einige von denen, die im Schweiß der Verfolgungsjagd den Hals reckten, um abzuschätzen, wie groß der Vorsprung des Führenden war, und die dann hören mussten, wie eine Trommel nach der anderen verstummte und die Menschen am Strand in Jubel ausbrachen: Dann zerbissen sie das Ei im Mund und der Saft tropfte ihnen von den Lippen wie der Speichel ihrer Wut und Erschöpfung.

Wer aber mehr als alle anderen und das ganze Jahr hindurch den bitteren Geschmack jenes zerdrückten Eis spürte, war Kontuac, ein kräftiger Jüngling mit Augenbrauen, so buschig wie Nutè-Gras.

Bei der Motu-Nui-Regatta wurde er fast immer Zweiter. Wenn er aus seinem Kanu stieg, mischte er sich unter das feiernde Volk, aber er jubelte nicht und tanzte nicht. Im Schatten der Augenbrauen blickten seine dunklen Augen düster auf die Freude der anderen. Zwischen seinen zusammengepressten Lippen spürte die Zunge die letzten Reste der Eierschalen auf und die Zähne zermalmten sie. Und Kontuac hörte das Dröhnen in seinen Schädelknochen.

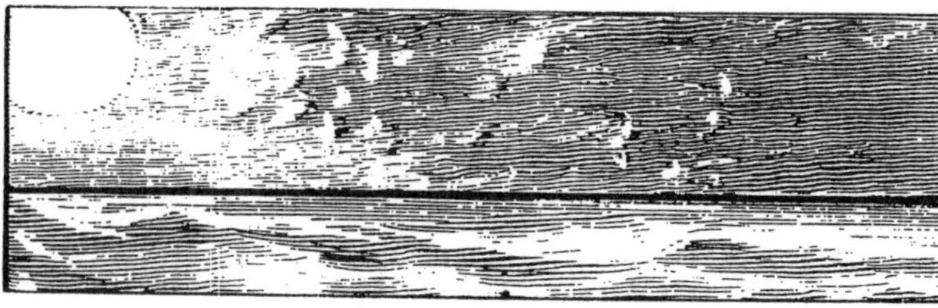

Fünftes Kapitel

Im Frühling des sechsten Jahres von Tou-Emas Herrschaft, noch bevor die Blüten der Zwergpalmen Knospen trieben, bereitete sich Kontuac auf die Motu-Nui-Regatta vor. Da sich aber ein übertriebenes Training nicht schickte, paddelte er des Abends zu den Felsen hinaus, umkreiste sie und kehrte zur Insel zurück, stets mit einem runden Stein im Mund. Er beobachtete die kleinsten Strömungen, studierte die günstigste Bahn im Wasser, suchte die beste Anlegestelle am Felsen ...

Eines Abends kam ihm von Motu-Nui her ein Kanu entgegen. Er senkte den Kopf, um nicht erkannt zu werden. Auch der andere verbarg sein Gesicht: Lautlos fuhren die Kanus aneinander vorbei.

Am folgenden Abend wartete Kontuac mit seinem Training, bis es ganz dunkel geworden war: Aber sowohl auf der Hin- als auch auf der Rückfahrt hatte er das Gefühl, dass noch andere

Kanus zwischen der Insel und Motu-Nui hin- und herfuhren.

In stillschweigender Übereinkunft taten die Anwärter um die Herrschaft so, als würden sie sich im Dunkeln nicht bemerken und nicht erkennen: Und doch war über dem finsteren Meeresstreifen das Keuchen von angehaltenem Atem und unterdrücktes Knurren aus Mündern zu hören, die sich über den Steinen zusammenpressten, und die schweißüberströmte Haut der stummen Paddler glitzerte im Sternenlicht. Wie blinde Fische horchten und wichen die Kanus einander aus und fuhren wortlos und grußlos aneinander vorbei.

Nur Tou-Ema trainierte nicht. Er fuhr jeden Tag mit seinem Fischerboot hinaus und paddelte in der Sonne zu dem Meeresstreifen, der im Windschatten der Insel lag. Dort warf er seine Köder aus, fing bunte Fische und dachte an das Gesicht und die Haare von Kintea-Ni, der ältesten Tochter von Mato-Tua. Kintea-Ni zählte in jenem Jahr fünfzehn Frühlinge. Sie hatte glattes Haar und eine helle Haut und lächelte immer.

Tou-Ema hatte sie beim Fest nach der letzten Regatta angesehen und gefragt, wer ihr Vater sei, obwohl er es bereits wusste.

»Mein Vater ist Mato-Tua«, hatte sie fröhlich geantwortet. »Er wohnt in der Hütte bei der großen Palme am Morgenstrand.«

»Ich weiß, wer dein Vater ist«, hatte Tou-Ema gesagt. »Er ist ein guter Fischer und kennt das Meer. Und auch die Töchter gelingen ihm.«

Kintea-Ni hatte den Blick gesenkt und gelächelt.

»Du bist der Herr der Insel und weißt, was du sagst: Deshalb danke ich dir.«

Von jenem Tag an dachte Tou-Ema alle Tage an Kintea-Ni, Monat um Monat, denn auf der Osterinsel überstürzte man nichts in der Liebe, sie begann langsam, war aber von Dauer.

Eines Tages in der Regenzeit begegnete er in der langen Gemeinschaftshütte Mato-Tua.

»Einen guten Tag wünsche ich dir, Mato-Tua, und dass deine Hütte fest und sicher sei!«

»Und in deiner fehle es nie an Nahrung und Freude, Tou-Ema, unser Herr!«

»Wie heißt deine Tochter, Mato-Tua?«

»Ich habe sechs Töchter, Häuptling Tou-Ema«, antwortete der Alte mit einem Lachen. »Ich würde dir den Tag rauben, wenn ich dir die Namen aller aufzählte oder raten sollte, nach welcher du fragst.«

»Ich meine die älteste, jene, die viel lacht und eine Haut hat, weißer als eine Möwe.«

»Zwei meiner Töchter lachen viel, Häuptling Tou-Ema«, antwortete der Alte, »und zwei weitere haben eine ganz helle Haut: Aber es gibt nur eine älteste. Doch ihren Namen, Häuptling Tou-

Ema, den kennen gewiss auch die Steine der Insel.«

»Ich frage aber dich, Mato-Tua, denn die Steine der Insel, oder irgendjemand anders, könnten mich belügen oder mir einen falschen Namen nennen. Du hingegen bist der Vater und wirst mir den richtigen sagen.«

Mato-Tua lächelte, und im Lächeln ähnelte er seiner Tochter. Dann wurde er ernst und sagte:

»Sie heißt Kintea-Ni, Häuptling Tou-Ema. Das ist ihr Name, so wahr wie ihr Gesicht.«

Tou-Ema dankte ihm: Den Namen von Kintea-Ni hatte er zwar schon gewusst, aber auf der Osterinsel war es eine wichtige Angelegenheit, wenn ein junger Mann einen Vater um den Namen seiner Tochter fragte; und wenn der Vater, auch wenn er sich bitten ließ, ihm diesen nannte, dann war das ein Versprechen.

Sechstes Kapitel

Die Blüten der Zwergpalmen öffneten sich alle zugleich, als hätte die Sonne ein Zeichen gegeben und die Erde schweigend gehorcht.

Die Männer machten ihre Kanus bereit und sahen mehrmals am Tag zu den Felsklippen von Motu-Nui hinüber, um deren Entfernung und ihre eigene Kraft zu messen. Kontuac hatte eines Nachts unter einem Stein, den er leicht wieder finden würde, ein Seeschwalbenei versteckt.

Die Schwalben spürten die begehrlichen Blicke, die von der Insel kamen, sie flogen aufgeregt um die Felsen herum und ließen ihre Steinnester nicht aus den Augen.

Die Trommelschläge setzten ein und wurden lauter und die Inselbewohner versammelten sich am Strand und auf den unteren Hängen des Vulkans, mit Blick auf Motu-Nui.

Die Männer ließen ihre Binsenkanus ins Meer gleiten, wo sie auf den ersten Wellen tanzten. Die Trommeln verstummten einen Augenblick, dann setzten sie mit voller Wucht alle gleichzeitig wieder ein. Die Kanus, etwa fünfzig an der Zahl, richteten schnell ihren Bug in Richtung Motu-Nui.

Tou-Ema paddelte zügig, geradewegs und frohen Mutes dahin. Er liebte die Regatta: Er paddelte nicht deshalb schnell, weil er Häuptling bleiben wollte, sondern weil er gern schnell paddelte und sich eine freie Bahn im Wasser suchte, um nicht dem Kielwasser und den Hecks der anderen Kanus ausweichen zu müssen. Er liebte es, wenn ihm die Gischt in regelmäßigen Abständen vom Bug her ins Gesicht spritzte und nicht durch die Ruderschläge der anderen, von allen Seiten zugleich; er liebte es, seinen Atem mit dem der Wellen in Einklang zu bringen anstatt ihn mühsam aus dem Keuchen der anderen herauszuhören ...

Die Kanus hatten eine Reihe gebildet. Hinter dem von Tou-Ema kam das von Kontuac, ihnen folgte eine lockere Gruppe von weiteren sechs. Dahinter, mit größerem Abstand, die anderen.

Von Zeit zu Zeit, wenn der Meereswind abflaute, hörte man das Schlagen der Trommeln. Motu-Nui wurde langsam größer. Die Seeschwalben waren alle aufgeflogen und kreischten klagend gegen den blauen Himmel, als würde der riesige steinerne Kopf vor Zorn und Entsetzen schreien.

Tou-Ema kam als Erster an. Er band das Kanu an einem Felsvorsprung fest und kletterte unter dem Geschrei der Schwalben behände zur Spitze des Felsens hinauf, um ein Ei zu suchen.

In diesem Moment legte Kontuac an. Er machte das Kanu an der Stelle fest, die er kannte, sprang geradewegs auf den höckrigen Felsen, tat kurz so, als suchte er, hob den vorbestimmten Stein hoch, holte das Ei aus dem Versteck und nahm es in den Mund; dann kletterte er rasch zum Boot zurück, stieg hinein und steuerte auf die Küste zu. Die anderen kamen gerade erst an, außer Atem trotz ihres Rückstands.

Tou-Ema stieg mit dem Ei im Mund vom Gipfel des Felsens herunter. Er sah, dass Kontuac schon mit gebeugtem Rücken zur Insel zurückpaddelte und runzelte ein wenig die Stirn.

Aber als ob das Meer, das die Gerechtigkeit der Welt vertritt, Kontuacs Schwindel missbilligte, trug es plötzlich lange, hohe Wellen heran, die die Kanus in die Höhe schleuderten und in weite Wellentäler stürzen ließen, so dass die Arbeit der Ruder umsonst war.

Tou-Ema begann langsam zu paddeln und beobachtete die Bewegung der Wellen und die Küste genau. Knapp hundert Armlängen vor ihm versuchte Kontuac mit gesenktem Haupt, das Ei im Mund wie eine Perle in der Muschel, vorwärts zu kommen.

Tou-Ema steuerte nicht direkt aufs Ufer zu. Als hätte er beschlossen, an einer ganz anderen Stelle der Küste an Land zu gehen, weit entfernt von der, wo die Leute warteten und die Trommeln schlugen, richtete er seinen Bug nach rechts und querte die riesigen, parallel laufenden Wellenkämme.

Als Kontuac sich umwandte, sah er, wie groß sein Vorsprung geworden war. Weiter hinten stießen nun erst die letzten Bewerber mit der vergeblichen Beute im Mund von Motu-Nui ab: Während ihre Kanus im fernen Auf und Ab des Wassers auftauchten und wieder verschwanden, befand sich das von Kontuac schon auf halbem Weg zurück.

Tou-Ema aber holte wie ein versprengter Vogel auf jenem seltsam schrägen Kurs kräftig aus.

Je näher die Insel kam und je lauter die Trommelschläge wurden, die die Windböen übers Wasser trugen, desto mühevoller wurde der Kampf der Kanus mit dem Meer. Das von Kontuac, das direkt auf die Küste zusteuerte, wurde immer wieder mit dem Heck gefährlich weit in die Höhe geschleudert: Dann wurde es achterlastig und rutschte beinahe nach hinten, den Rücken der vorbeirollenden Wellen hinunter. Einmal drangen die Paddel zu tief ins Wasser ein, einmal blieben sie zu nahe an der Oberfläche, um richtig zu greifen, und es kostete schon viel

Mühe, zu verhindern, dass sich das Boot bei jedem Aufbäumen der Wellen seitlich stellte. Kontuac brauchte fast seine ganze Kraft, um ein Kentern zu verhindern, und er kam nur sehr langsam voran.

Rechts von ihm bewegte sich Tou-Ema eleganter vorwärts. Nachdem er sich beinahe zweihundert Armlängen vom direkten Kurs entfernt hatte, machte er eine rasche Wende nach Süden, in Richtung Vulkan, und schien abzuwarten. In der Tat wartete er auf eine Welle. Als sie ihn erreicht hatte, verfiel er auf dem neuen, diagonal verlaufenden Kurs in einen langsamen, aber kräftigen Paddelschlag; und als er oben auf dem Kamm der Welle angelangt war, ließ er sich mit einem weiteren schnellen Schlag schräg an der Vorderseite hinuntergleiten.

Viermal schneller als zuvor flog das Kanu dahin, getrieben mehr von der ungeheuren Kraft der Welle als von den Armen des Ruderers. Mit diesem Tempo gelang es ihm, die Linie zu kreuzen, auf der sich Kontuac verbissen und ungeschickt abmühte die Gewalt des Wassers zu zähmen.

Die Gunst einer weiteren Welle, die von links herankam, genügte, um Tou-Emas Kanu mit spielerischer Leichtigkeit ans Ufer zu befördern.

Noch ein paar kräftige Paddelschläge und das Boot saß am Strand fest. Der Jüngling stieg ruhig aus und berührte mit dem Ei eine schlagende Trommel nach der anderen.

Mitten im Toben der Wellen, von Wasser und Schweiß gebadet, und nur mehr damit beschäftigt, das Kentern zu verhindern, musste Kontuac sehen, wie Tou-Ema landete, und hören, wie das Trommeln erst leiser wurde und schließlich verstummte.

Er zerbiss das Ei und spuckte es aus. Es hatte, vielleicht weil es zu lange unter dem Steinversteck von Motu-Nui gelegen war, mehr als die anderen Male, einen ranzigen Geschmack.

Siebtes Kapitel

So verteilte Tou-Ema zum siebten Mal die kleinen Fladenbrote an das Volk der Osterinsel und zum siebten Mal wurde er Häuptling. Als Kintea-Ni vor ihm stand, lächelte er sie an und spielte einen Augenblick mit ihrem Haar, damit alle sehen und wissen sollten, dass Tou-Ema sie im Sinn hatte und im Lauf des Jahres, nach dem Vulkanfest, zur Frau nehmen würde.

Während er mit ihrem Haar spielte, hielt sie den Kopf gesenkt und die Hände gefaltet, wie es die Sitte verlangte. Aber ihre Augen und ihr Mund lächelten unübersehbar und zum Zeichen der Freude fuhr sie sich mit der Zunge dreimal über die Lippen.

Leib und Seele von dieser Neuigkeit erfüllt, begann Tou-Ema das siebte Jahr seiner Herrschaft mit großem Schwung: Außer für Recht und Ordnung zu sorgen würde er auch noch viel Fisch fangen, seine Hütte vergrößern und Geschenke für Kintea-Nis Familie, die sehr zahlreich war, sammeln müssen.

Doch gegen Ende des Frühlings geschahen seltsame Dinge.

Eines Morgens entdeckte der Hirte In-Katu an der Westseite der Insel auf einem großen flachen Felsblock ein schreckliches Bild, das einen Vogel-Menschen zeigte. Eilig benachrichtigte er das Dorf, und alle liefen hin, um es zu sehen. Klagerufe wurden laut, man bedeckte Gesicht und Augen mit den Händen ... Bilder hatten große Macht über das Volk der Osterinsel: Sie waren etwas Seltenes, Außergewöhnliches, Machtvolles. Ein Bewohner der Osterinsel konnte stundenlang vor einer gemalten Figur verharren, ohne den Blick von ihr zu wenden; und es war, als würde der dargestellte Gegenstand durch die Augen in seinen Körper, sein Blut eindringen, als könnte sich über den Blick eine Idee in seinem Denken einnisten und zu einer bedrückenden Erinnerung, einer tiefen Wahrheit, einem geheimnisvollen Wissen werden.

Während die Menschen der Osterinsel das schreckliche Bildnis, das in den Stein gemeißelt war, ansahen, drückten ihre Gesten Leid und Entsetzen aus: als wollten sie die Drohung, die von ihm ausging, von ihren Körpern fern halten, und als wüssten sie gleichzeitig, dass es vergeblich sei.

Auch Tou-Ema kam, sah und runzelte die Stirn. Die Gestalt, die aus dem Stein hervorgetreten war, versetzte die Insel in Unruhe, als wäre ein Ungeheuer aus dem Ozean gestiegen und stapfte nun zwischen den Felsen umher oder hätte sich im Krater des Vulkans verkrochen.

Eine Woche später sammelte auf der anderen Seite der Insel die kleine Teiatu Muscheln, um sich eine Kette zu machen. Da entdeckte sie auf einem Felsen eine kleine Inschrift. Teiatu las sie nicht, obwohl sie die Zeichen schon entziffern konnte, denn Kindern war das nicht erlaubt. Aber sie lief nach Hause und benachrichtigte ihren Vater, und der Vater benachrichtigte die Ältesten. Als die Ältesten die Schrift lange mit gerunzelter Stirn betrachtet hatten, sagten sie (und jeder von ihnen wiederholte es, um zu bekräftigen, dass es die Wahrheit war):

»So sprechen diese Zeichen: ›Tou-Ema ist Makemake, der Vogel-Gott, der die Erde in seinen Klauen hält und sie in die Tiefe stürzt.‹«

Es waren ein Dutzend alte Männer und alle lasen dasselbe aus dem Stein. Das war es, was geschrieben stand.

Das Volk brach in Wehklagen aus. Die Worte auf dem Stein, die den Namen ihres Häuptlings nannten, ihn als Vogel-Gott bezeichneten und von seiner unheilvollen Macht sprachen, schmerzten wie Peitschenhiebe.

Tou-Ema wurde gerufen und die Ältesten lasen noch einmal für ihn, was der Stein sagte.

Auch der Jüngling brach in Klagen aus, dann wandte er sich mit dem Rücken zum Stein, öffnete die Arme und sprach:

»Ich bin Tou-Ema, euer Bruder. Diesen Stein hat ein Dämon beschrieben, er ist ein Fluch der Schlange. In einer mondlosen Nacht hat der gehörnte Fisch, der lügnerische, seine Fangarme aus dem Meer gestreckt und diese Worte geschrieben.«

So rief Tou-Ema und klagte und ging davon.

Aber zwei Wochen später fand ein anderer Hirte, der junge Inipiti, auf den Hängen des Vulkans wieder den Vogel-Menschen auf einen Felsen gezeichnet, und einen Monat später wurde in der Mitotupai-Bucht, dort wo die Fischer an stürmischen Abenden ihre Boote zusammenzogen, auf einem ausgehöhlten Stein eine weitere Inschrift entdeckt.

Zwölf- und noch einmal zwölfmal lasen die Ältesten: »Tou-Ema ist Makemake, der Vogel-Gott, der verletzt und zerstört, der Freund des roten Haifisches und der todbringenden Wellen.«

Furcht machte sich breit auf der Osterinsel. Immer wieder tauchten, erwartet und unerwartet, Botschaften auf den Steinen auf. Von vielen Felsblöcken der Insel sah das Bildnis des Vogel-Gottes wie ein ständiger böser Blick auf die Wege und Anlegestellen herab.

Anderswo wiederholten geheimnisvolle und

doch viel sagende Schriftzeichen im Stein die immer gleichen Warnungen, die mit dem Namen des Häuptlings der Insel verbunden waren.

Achtes Kapitel

Um die Mitte des siebten Jahrs von Tou-Emas Herrschaft gab es Unruhe auf der Osterinsel. Es verging keine Woche, ohne dass auf einem Felsen das Bildnis des Vogel-Gottes oder eine bedrohliche Inschrift auftauchte.

Nachdem er beim ersten Mal jene Worte gesprochen hatte, schwieg Tou-Ema zu den Ereignissen. Er erfüllte seine Aufgaben als Häuptling ernst und schweigsam, und schweigsam war er auch in Gesellschaft geworden, selbst beim Fischen sang er nicht mehr. Ein namenloser Schmerz hatte sich seiner bemächtigt.

Er hatte aufgehört, Kintea-Ni Zeichen seiner Aufmerksamkeit zu schicken, so als dächte er nicht mehr an sie.

Eines Tages saß sie plötzlich, ein wenig oberhalb der Bucht, in der die Kanus lagen, auf einem Stein vor ihm und sah ihn an. Er schenkte ihr ein knappes Lächeln und wollte weitergehen, da streifte ihn das Mädchen mit der Hand am Arm und sagte:

»Hör zu.«

Tou-Ema setzte sich mit gekreuzten Beinen ihr gegenüber und sah sie an.

»Ich weiß, dass meine Brüder oder mein Vater dir diese Worte sagen müssten, Tou-Ema«, sagte sie. »Aber sie tun es nicht, sie sind gehemmt und unsicher dir gegenüber.«

Sie schwieg, doch ohne eine Antwort zu erwarten.

»Also nehme ich meinen Mädchenmut zusammen, hebe den Kopf und spreche zu dir, Tou-Ema.«

Dabei legte sie ihre Hand auf den Arm des jungen Mannes.

»Du hast mich oft angesehen, hast meinen Vater nach meinem Namen gefragt, und er hat ihn dir genannt. Das ist die Wahrheit. Als ich deinen Blick erwiderte, als du mir das Brot gegeben und mit meinen Haaren gespielt hast, da habe ich, soweit es einem Mädchen möglich ist, gezeigt, dass mir das sehr lieb ist. Dein Körper ist jung und schön und sein Anblick schenkt mir Freude und Kraft. Du bist der Häuptling, und ich denke oft an dich, wenn ich neben meiner Mutter einschlafe.«

Sie schwieg und nahm ihre Hand von Tou-Emas Arm.

»Ja«, sagte er.

»Was ist geschehen, edler, starker Mann?«,

fragte sie. »Die Wochen vergehen, das Vulkanfest ist lange vorbei, und so sehr ich auch Ausschau halte am Eingang der Hütte, ich sehe dich nicht mehr vorbeigehen, und nie mehr finde ich die rosaroten Niu-j-o-Blüten unter dem Baum, den ich dir im Stillen gezeigt habe. Meine Hände waren schon dabei, eine große Matte zu flechten, aber sie haben die Arbeit wieder niedergelegt. Du gehst nicht mehr vorbei, um mir einen Blick zu schenken und einen von mir mitzunehmen. Du sprichst nicht mehr mit meinem Vater oder mit einem meiner Brüder. Hätte ich dich nicht angehalten, so wärst du eben erst wieder vorbeigegangen, als wäre ich eine alte Frau wie meine Großmutter, die kein Quell der Freude mehr ist, sondern mit ihren Erinnerungen zur Last fällt.«

Diesmal erwartete Kintea-Ni eine Antwort.

»Kintea-Ni, du Schöne«, sagte Tou-Ema mit leiser Stimme, »du weißt von den bemalten Steinen und den eingravierten Worten.«

»Ja, ich weiß.«

»Das verletzt mich. Das trübt meinen Sinn und lastet auf jedem Knochen meines Körpers. Am Morgen öffne ich die Augen und die Sonne ist kalt. Jeder Tag ist wie eine unendliche Mühe, die auf mich wartet. Meine Sehnsucht, und du bist die größte, liegt wie in trockener Erde, wenn der Regen auf sich warten lässt. Ich blicke auf meine Hände und sehe, dass sie zittern.«

»Du bist ein guter Häuptling, Tou-Ema. Viele sagen es.«

»Nicht alle.«

»Diese Bildnisse. Als du gesprochen hast, hast du die Wahrheit gesagt: Ein teuflischer, lügnerischer Fisch hat sie gezeichnet. Oder giftige, durchsichtige Vögel meißeln sie vor dem Morgengrauen mit Metallschnäbeln in den Stein. Du bist ein guter Häuptling. Deine Hände lenken die Hände der Menschen und bringen Ordnung in ihre Arbeit. Du bist klug und gerecht. Ich will die große Matte fertig flechten, sie falten, mit drei Mougue-Stängeln zusammenbinden und meinen Kopf darauf betten und die Augen schließen nach deinem Gruß.«

»So wird es kommen, Kintea-Ni«, sagte Tou-Ema. »Das ist es, was ich hoffe. Aber solange meine Hände zittern, wird mein Blick gesenkt bleiben. Ich fahre mit dem Kanu aus und fange Fisch. Ich lenke die Angelegenheiten des Volkes. Aber solange meine Hände zittern und am Morgen die Sonne kalt für mich ist, will ich nicht an deiner Hütte vorbeigehen, um deinen Blick zu suchen.«

»Jetzt weißt du, dass ich warte, Tou-Ema.«

»Ich weiß es, Kintea-Ni.«

»Mögen dir der Himmel, das Meer und der Vulkan den Frieden und die Freude wiedergeben, du edler Mensch, du mein Freund.«

»Ich danke dir und rufe den Frieden herab auf dein Haar.«

Sie fassten sich an den Händen und spielten eine Weile mit ihren Fingern, langsam und behutsam, ohne sich in die Augen zu sehen. Dann stand das Mädchen schweigend auf und lief zum Dorf zurück.

Neuntes Kapitel

Sie versammelten sich in der Felsenmulde westlich vom Mitotupai-Strand. Sie zündeten kein Feuer an und sangen keine Lieder. Bevor nicht der Letzte gekommen war, der Neunte, sprach niemand. Sie ließen eine Schale mit Mikayè herumgehen, jenem dickflüssigen Gebräu, das einem erst im Gaumen brannte, dann im Hals und schließlich in der ganzen Brust.

Das Meer lag ruhig da wie ein Teppich in der Stille der Nacht.

Als der Letzte gekommen war und aus der Schale getrunken hatte, sprach Kontuac:

»Wir sind neun. Keiner fehlt. Wir sind neun, denn keiner von uns ist ein Verräter. Und man weiß, dass unter zehnen immer ein Verräter sitzt. Jeder von uns kennt das Gesicht der anderen und könnte es mit den Fingerspitzen erkennen. Aber im Dunkeln sind es die Worte, die zählen. Sie sind das Gesicht des Geistes. Im Dunkeln verschmilzt unser Atem und wird zum Duft einer einzigen Blume.«

»Du hast Recht«, sagte der, welcher ihm gegenübersaß. »Wir sind eins.«

»Wir sind stark«, sagte der, der links von ihm saß.

»Wir wissen, was der Große will, welcher spricht«, sagte Kontuac. »Viele Male hat er es wiederholt.«

»Ja, viele Steine auf der Insel sind von den Händen des Mächtigen berührt worden, von dem, welcher will«, sagte ein anderer.

Kontuac reichte seinem Nachbarn die Mikayè-Schale und fuhr sich mit den Fingern über die brennenden Lippen.

Dann sagte er:

»Unsere Stimmen sind ein Geschenk an den Großen, an den, welcher will.«

»Der Mut ist uns in die Augen gestiegen mit jedem Wort, das er gesprochen hat«, sagte ein anderer.

Sie sprachen abwechselnd, zunächst langsam, mit Pausen zwischen den einzelnen Stimmen.

»Tou-Ema, Makemake.«

»Ja, Tou-Ema ist Makemake. Er ist der Sohn einer Krake und eines Geiers.«

»Er hat das Gesicht und die Stimme eines Schafes, aber einen Tintenfisch im Herzen.«

»Ja, er ist das Unheil.«

»Er bringt Unheil über die Insel und ihre Bewohner.«

»Makemake hängt wie ein Schwert über unseren Söhnen.«

»Er ist der Freund der wütenden Wellen. Habt ihr gesehen, wie er auf ihnen geritten ist bei der Motu-Nui-Regatta?«

»In seinen Augen ist Gift!«

»Wie ein Toter aus dem Vulkan will er uns vernichten und verderben!«

Kontuac beugte sich vor, nahm eine Hand voll Sand und ließ ihn vorsichtig in die geöffneten Hände seines Nachbarn rinnen.

Dazu sagte er:

»Das sind die Gründe, die gegen seinen unheilvollen Namen sprechen. Sehen wir, wie viele davon übrig bleiben, von Mann zu Mann.«

Der Nachbar leerte den Sand in die Hände des Nächsten und sagte:

»Das sind die Gründe gegen den Vogel-Gott, den unheilvollen: Sehen wir, wie viele übrig bleiben, von Bruder zu Bruder.«

Mit großer Vorsicht wurde der Sand weitergereicht, wieder und wieder, bis zum Neunten. Jeder sprach die Formel, als er ihn in die Hände seines Nachbarn rinnen ließ. Schließlich kam der Sand zu Kontuac zurück.

Er senkte sein Haupt zu seinen Händen, dann sah er die anderen an und sagte:

»Kein Mensch kann die Gründe zählen: Sie sind zweimal, dreimal so viele geworden.«

»Alle auf der Insel wollen es, wir haben den Mut dazu!«, sagte einer.

»Wir haben die Kraft.«

»Wir sind die Finger einer mächtigen Hand.«

»Die Hand, die den giftigen Vogel packt und ihn erdrosselt!«

»Die Hand mit den neun Fingern, unter denen kein Verräter ist, wird die Schlange packen und ihr einen Todesknoten binden!«

»Sie wird ihr krankes Blut trinken und ausspucken!«

»Sie wird sie fortschaffen! Sie wird sie gegen den Horizont schleudern!«

»Sie wird sie von der Schwelle der Hütte verjagen!«

Die Stimmen folgten immer dichter aufeinander und vereinten sich zu einer Art Gebet. Kontuac ließ den Sand zu Boden gleiten und nahm die Schale. Er führte sie an den Mund, trank geräuschvoll und schnalzte laut mit der Zunge.

Dann sagte er:

»Ihr Mächtigen, die Ihr vermögt!«

»Ihr Väter, die Ihr zuhört!«, antwortete ein anderer.

»Ihr Höchsten, die Ihr helft!«

»Ihr Großen, die Ihr donnert!«

»Ihr Zahlreichen, die Ihr wisst!«

»Ihr Finsteren, die Ihr erhöht!«

»Ihr Siegreichen, die Ihr verbrennt!«
»Ihr Ewigen, die Ihr wiederkehrt!«
»Ihr Gewaltigen, die Ihr beschützt!«
»Ihr sagt es!«, sagte Kontuac. »Ihr wollt es!«

Zehntes Kapitel

Die Nacht war kühl und still. Nicht einmal die Eulen waren zu hören, die im niedrigen Buschwald an den Hängen des Vulkans zwischen den Kota-Bäumen hausten. Vielleicht hatte der Wind, der durch die Blätter fuhr, sie verschreckt und vertrieben. Die Hunde kauerten neben den Hütten, den Kopf am Boden, die Augen in die Dunkelheit gerichtet. Hohe, dünne Wolken zogen über den Mond und saugten sein ganzes weißes Licht auf.

Kintea-Ni hielt im Schlaf einen kleinen, weißen Stein in der Hand. Der Stein war die Seele von Tou-Ema, und das Mädchen schlief nicht ein, ohne ihn zuvor an ihren Wangen und an ihrer Brust zu wärmen. Wenn der Stein seine Kälte verloren hatte, konnte sie schlafen und hielt ihn bis zum Morgen in ihrer rechten Hand. Den Tag über lag er in der Höhlung ihres Lieblingsbaumes, der ganz in der Nähe der Hütte stand: jenes Baumes, den sie im Stillen Tou-Ema gezeigt hatte, damit er dort seine Blumen hinlege. Den Tag über beschützte der Baum Tou-Emas Seele.

Am anderen Ende des Dorfes, in der kleinen Hütte, an deren Tür das Korallenzeichen der Herrschaft hing, schlief Tou-Ema tief und fest. Der laue, unstete Wind wehte durch die Rohrstöcke der Wände und fuhr ihm durch das dunkle Haar.

Lautlos durchbohrte ein langes Messer den Hund, der auf der Schwelle lag, gerade als er den Kopf hob und die hellen Ohren spitzte. Das Tier zuckte zusammen und war tot. Jemand packte es an den Pfoten und lud es sich auf die Schultern. Inzwischen hatten zwei Hände Tou-Emas Kopf festgehalten und zwei andere hatten ihm ein doppeltes Seil über den Mund gezerrt. Der Jüngling erwachte röchelnd. Sechs weitere Arme drückten ihn zu Boden.

Eine Hand packte die Haare des Geknebelten und schnitt sie büschelweise mit einer feinen Klinge ab, so wie man es mit dem Getreide macht. Tou-Ema starrte in die Dunkelheit und versuchte das Seil zu durchbeißen, bis seine Mundwinkel zu bluten begannen. Die herabgefallenen Haare wurden aufgelesen und in einen großen Sack aus Ziegenleder gesteckt. Sieben Paar Arme packten Tou-Ema von allen Seiten und hoben ihn hoch. Zwei Hände hielten das Knebelseil wie einen grausamen Zügel und zogen jedes Mal daran, wenn Tou-Ema sich aufbäumte.

Sie gingen in Richtung Meer, machten aber einen Bogen um die letzten Hütten des Dorfes. Allen voran ging der mit dem toten Hund, dann folgten die sieben, die Tou-Ema trugen. Den Schluss bildete der mit dem Ledersack.

Zwei Hunde näherten sich und schnüffelten, aber als sie den Geruch des toten Hundes witterten, suchten sie unter dumpfem Geheul das Weite. Der Mond kam und ging hinter den bleichen Wolkengrotten, der Wind wehte einmal vom Vulkan, einmal vom Meer, wie ein Aus- und Einatmen. Dieser Atem des Windes war es, der die Eulen oben am Hang erschreckte.

Dort, wo der Weg aufhörte, ragte der Ratey-Mitey-Felsen hoch über das Meer. Der Mann, der den Ziegensack trug, schüttete einen Teil der Haare den Felsen hinunter. Die übrigen leerte er in eine vorbereitete Mulde zwischen zwei großen Steinen, die mit Koto-Blättern ausgelegt war, auf denen Kohlestückchen glühten. Die Haare zischten, krümmten sich und verbrannten ohne Flamme.

Einer hob mit zwei flachen Steinen ein Kohlestückchen auf und fuhr damit über Tou-Emas Handflächen. Der Jüngling stöhnte und weinte. Dann bliesen sie die Asche seiner Haare in den Wind und verstreuten die Glut und die angesengten Koto-Blätter. Schließlich stürzten sie Tou-Ema vom Felsen hinunter. Ihm nach warfen sie den Körper seines Hundes. Sie hoben die geöffneten Hände zum Mond, als wollten sie sie in seinem Licht rein waschen. Aber der Mond verbarg sich in einer tiefen Wolkenhöhle. Einen Augenblick schien es, als würde er herauskommen, aber er kam nicht, so als ob sich die Wolke auf ihrem Weg etwas ausruhte oder der Mond ihr folgte und sich bedeckt hielt, um sich vor der Welt zu verstecken.

Die neun kehrten schweigend zum Dorf zurück.

Elftes Kapitel

Der Osterinsel vorgelagert, doppelt so weit entfernt wie Motu-Nui, liegt ein etwas größerer und flacherer Felsen, der Motu-Iti genannt wird. Aber während der Wind nach Motu-Nui, der Heimat der Seeschwalben, einige Samenkörner weht und dort zwischen den Felsen noch kleine, dornige Büsche wachsen, ist Motu-Iti nichts als ein riesiger Stein, dem Meer und der Sonne ausgesetzt. Auf dem ganzen Felsblock, um den man mit hundert Schritten herumgehen kann, wächst kein Baum, kein Strauch, nicht ein einziger Grashalm. Das schiefrige Gestein ist bis auf die höchsten Stellen von hellgrauer Farbe, mit braunen Äderungen durchzogen.

Auf Motu-Iti gibt es immer Wind und immer Möwen. Vielleicht weil sie größer sind und besser ans Meer gewöhnt, haben sie sich seit jeher für diesen fernen, abgelegenen Felsen entschieden und den Schwalben, die nicht so weit fliegen, Motu-Nui als Heimat überlassen. Immer kreisten

Hunderte von Möwen über Motu-Iti, ließen sich nieder und flogen wieder in die Höhe. Von wo aus man auch den Blick auf die Insel richtete, sie wirkte durch das Treiben der weißen Vögel in Bewegung, wie etwas Lebendiges.

Der Kot der Möwen färbte weite Felsstriche gelb, beinahe golden. Und über Motu-Iti hallten den ganzen Tag die Schreie, manchmal so laut und stark, als klagte der Stein selbst, verlassen wie er war, mitten im Meer.

Nur des Nachts, wenn alle Möwen reglos hockten, beruhigte sich der Lärm. Dann kam der Wind wie eine große Stille und fegte die Schreie, die sie den Tag über gequält hatten, aus den Felsspalten.

Die Möwen flogen von Motu-Iti auch zur Osterinsel: Sie fingen ihre Fische entlang der hohen Felsküste, vor allem auf der Ostseite. Und manch eine schnappte sich gelegentlich die Reste des Dorffischfangs oder ein Stück Obst. Nur selten flogen einige auf den Gipfel des erloschenen Vulkans und ließen sich, dort oben vom Wind zerzaust, auf dem dunklen Gestein nieder, um die unendliche, unveränderliche Weite des Ozeans zu betrachten. Dann kehrten sie nach Motu-Iti zurück: Motu-Iti mit seinem nackten, geäderten Fels, der einsam und traurig mitten im Meer lag, war ihr Zuhause.

Die Fischer der Osterinsel fuhren nie so weit

hinaus, wegen des unansehnlichen Anblicks und weil das offene Meer schwierig zu befahren und weniger fischreich war. Sie zogen den Streifen zwischen der Insel und Motu-Nui vor, der reich an Fischen und vor Winden geschützt war. So war Motu-Iti nichts weiter als die Heimat der Möwen: für die Insel nur darin von Nutzen, dass es deren unaufhörliches, lästiges Geschrei fern hielt.

Im ersten Licht des Morgens berührte Tou-Ema, der noch immer weinte, mit seinen verbrannten Händen den Felsen von Motu-Iti. Unter der Führung des Mondes war er lange Stunden im Dunkeln geschwommen. Sein Kopf war kahl geschoren, sein Mund vom Seil verletzt und vom Salz des Meeres zerfressen. Er zog sich an dem nackten Fels hoch und streckte sich auf dem Boden aus, um Atem zu holen.

Einige Möwen rückten mit argwöhnisch herausgereckter Brust ein Stück zur Seite. Eine oder zwei flogen auf und gaben mit ungewohnten Schreien, den ersten jenes Tages, die Ankunft des unglückseligen Tou-Ema bekannt.

Zwölftes Kapitel

Auf der Insel schlugen die Trommeln. Die Nachricht ging von Mund zu Mund und die Ohren hörten sie. Selbst diejenigen, die sie verkündet hatten, bekamen sie von anderen zu hören, als wäre das Ereignis ein Windgerinnsel, das sich in Mund und Ohren erst langsam auflöste und schwer zu sagen oder zu hören war; als löste sich die Nachricht, sobald man sie aussprach, in Luft auf und müsste erst im Mund eines anderen wieder gefunden werden.

»Makemake, der Vogel-Gott, der die Insel bedrohte, ist in der Nacht fortgeflogen. Er hat die Flügel ausgebreitet, die er seit seiner Geburt unter den Armen verborgen hatte. Er ist nicht mehr. Viele haben gesehen, wie er auf den Mond zugeflogen ist.«

Woher kam die Nachricht? Wer sie wiederholte, hatte sie von anderen gehört, und diese wiederum von anderen. Wer sie erzählte, glaubte sie vielleicht nicht. Aber indem sie immer von neuem wiederholt wurde, nahm sie Gestalt an, drang in die Herzen und wurde zur Gewissheit. Nachdem viele Münder sie erzählt und viele Ohren sie gehört hatten, wurde sie zur Wahrheit, auch für die, die Tou-Ema liebten und sagten, dass er ein guter Häuptling gewesen sei.

Nur Kintea-Ni lief zwischen den Hütten und zwischen den Ohren umher und rief:

»Was sagt ihr da? Tou-Ema, unser Häuptling, ist nicht fortgeflogen. Er hat keine Flügel unter den Armen und auch keinen Schnabel unter der Haut der Nase! Tou-Ema ist ein starker, ehrlicher Mann, mit Augen, klar wie Wasser, und Händen, duftend wie Holz!«

Aber es war nur ihre Stimme gegen viele andere.

»Das Mädchen, Mato-Tuas Tochter, ist verrückt geworden!«, sagte Kontuac. »Schaut sie an, sie ist verrückt! Sie spricht gut vom Vogel-Gott, der sein Gift und seine Krallen über die ganze Insel gesät hat! Vielleicht hat sie ihm sogar dabei geholfen! Vielleicht hat sie die schreckliche Saat in ihren Haaren versteckt! Schaut, wie sie außer sich ist, was will sie denn? Makemake ist pfeifend in die Wolken geflogen, viele haben ihn gesehen und gehört! Ich habe die sprechenden Steine gesehen, schaut sie doch auch an!«

»Die Steine lügen«, rief Kintea-Ni. »Eine Hand mit grünem Blut hat sie beschrieben! Ich habe heute Nacht Tou-Emas Seele in Händen gehalten, bis zum Morgen: Er kann nicht vergangen sein!«

Aber die Menschen hörten ihr nicht zu, sondern gingen die sprechenden Steine anzusehen, und sie sahen, dass der Name Makemake ausgelöscht oder ausgestrichen war. Sie fuhren mit den Fingern über die Striche, und es war, als berührten sie mit der Hand Tou-Emas Verschwinden. Dann schüttelten sie den Kopf. Und auch diejenigen, die Tou-Ema geliebt hatten, verstanden, dass der Fluch, der über ihm lag, groß war.

»Alle erinnern sich noch, wer bei der Motu-Nui-Regatta nach dem Ungeheuer Makemake als Erster ans Ziel kam!«, sagte Kontuac immer wieder, wenn er ruhig an den Schwellen der Hütten saß. »Jetzt, wo der unheilvolle Makemake fortgegangen ist, muss wieder Friede einkehren.«

Die Ältesten zogen sich in die Gemeinschaftshütte zurück und sprachen lange miteinander. Sie sagten, dass die Insel bis zur nächsten Motu-Nui-Regatta einen Häuptling brauche und dass Kontuac, der Zweite im Wettkampf, ein starker und mutiger Jüngling sei. Sie sagten, dass er der Häuptling sein solle.

Kontuac hörte die Entscheidung der Ältesten an, dann stürmte er den Vulkan hinauf, schwer atmend, als hätte er Fieber. Am Kraterrand angelangt, setzte er sich auf einen rötlichen Stein und blickte lange auf die Insel; dabei drehte er sich auf dem Stein mehrmals um sich selbst wie eine Wetterfahne. Er blickte auf die Flächen, die mit Gras bewachsen waren, auf den Buschwald mit den Bäumen, auf die nackten Felsen im Osten und die Hütten im Dorf. Seine Augen folgten der Küstenlinie, als wollte er sie noch genauer ins Meer zeichnen. Er sah zu den Klippen von Motu-Nui und weit in der Ferne auf die von Motu-Iti, jenen absichtslos hingeworfenen und schließlich vergessenen Felsen.

Er keuchte und sog die Luft durch die zusammengebissenen Zähne und das Fieber ging nicht weg. Sein Gesicht war rot wie das Gestein des Vulkans.

Weiter unten, in Mato-Tuas Hütte, warf sich Kintea-Ni auf ihrer Matte hin und her, mit einem anderen Fieber im Leib.

»Ich habe seine Seele in Händen gehalten!«, rief sie. »Er ist nicht tot!«

Der Vater, die Mutter, die Brüder und Schwestern und die Leute aus den Nachbarhütten hörten sie und schüttelten den Kopf, denn das Mädchen sagte seltsame Dinge; es sagte Dinge, die nicht stimmten: Andere Dinge als das, was alle anderen auf der Insel sagten; sie redete wirres Zeug und wollte den Fluch nicht wahrhaben.

Dreizehntes Kapitel

Die Insel wurde teilweise von Motu-Nui verdeckt. Ausgerechnet die Bucht mit dem Dorf und dem Fuß des Vulkans konnte man von Motu-Iti aus nicht sehen. Zu sehen waren der flache, grasbewachsene Westteil der Insel und der Felsensaum der Ostküste. Wenn Tou-Ema seine Augen anstrengte, konnte er die weiße Ratey-Mitey-Felswand erkennen, von der aus sie ihn ins Meer gestoßen hatten. Aber das Dorf, die Hütten und der Mitotupai-Strand waren von Motu-Nui verdeckt: Das Herz der Insel war nicht zu sehen.

Tou-Ema schrie und weinte drei Tage lang vor Schmerz und Zorn und versetzte die Möwen in ständige Angst; kreischend hielten sie im Flug inne und schlingerten im Wind. Nur die brütenden Weibchen blieben auf dem Felsen sitzen und schlugen mit den Flügeln, als hätten auch sie Mühe, am Boden zu bleiben.

Den ganzen Tag sprang Tou-Ema auf den Klippen umher auf der Suche nach neuen Stellen, von denen aus er die Insel sehen könnte, mehr von ihr sehen könnte; dann warf er sich wieder auf die Felsen und weinte und zerkratzte sich mit den Fingernägeln das Gesicht. Die Sonne brannte auf ihn nieder, doch Tou-Ema kümmerte sich nicht um die Sonne.

Am dritten Tag spürte er Hunger und Durst und er beschloss weiterzuleben.

»Motu-Iti«, sagte er zu dem Felsblock, »du bist die Erde meines Lebens. Du bist arm und nackt und gehörst den Möwen. Ich werde die Möwen nicht töten und ihre Eier nicht essen. Ich werde Fische fangen und meinen Durst mit dem Miti-Viti-Fisch stillen, dessen Fleisch Süßwasser enthält. Ich werde mir aus den Federn, die die Möwen zwischen den Klippen verlieren, eine Kopfbedeckung machen, zur Insel hinübersehen, voll Schmerz und Zorn an die Gesichter der Männer und Frauen denken und ihnen Unheil wünschen. Ich werde hier als ihr Fluch leben. Ich werde sein wie eine Möwe, die nicht fliegt, aber fortwährend schreit, ich werde stumme, stachelige Gedanken spinnen und sie mit dem Wind zur Insel schicken, um denen, die an meinem Unglück schuld sind, das Gesicht zu zerkratzen.«

So sprach Tou-Ema viele Male, dann warf er sich in eine Mulde zwischen den Felsen, die von den Wellen überspült wurde, und fing mit bloßen Händen zwei Miti-Viti-Fische, saugte sie aus und stillte so zugleich Hunger und Durst mit ihrem Süßwasserfleisch.

In den Felsspalten von Motu-Iti sammelte er die Federn, die die Möwen verloren hatten, steckte sie ineinander, verklebte sie mit dem zähen, glitschigen Mark des Ta-ompi und machte sich daraus eine große, leichte Kopfbedeckung, die er während der heißesten Stunden des Tages aufsetzte und die ihm wie eine kleine Wolke den Kopf kühlte.

Er schlief in einer Nische auf der Südseite, von wo aus er nichts als das Meer sah.

Außer mit Fischen verbrachte er die Tage damit, still dazusitzen, auf die Insel zu schauen und seinen Erinnerungen nachzuhängen.

Die Tage vergingen und allmählich beruhigten sich die Möwen. Sie kamen ihm zwar immer noch nicht allzu nahe, aber sie blieben nun, wenn er auf den Felsen herumkletterte, auf ihren Plätzen sitzen. Die brütenden Weibchen flatterten nicht mehr mit den Flügeln, aber unter jähen Bewegungen der gefleckten Köpfe folgten ihm ihre Blicke.

Allmählich nahmen die Vögel ihr gewohntes Leben wie vor seiner Ankunft wieder auf. Doch sie wussten um seine Anwesenheit, und sie spürten seine stumme, verzweifelte Wut, die nicht ihnen galt, sondern der Insel. Sie lernten seine Gewohnheiten und seine Geräusche kennen und, ohne sie zu verstehen, lauschten sie des Morgens und des Abends seinen Klagen.

»Insel, die du mir nicht mehr Heimat bist, verlorene Insel!«, rief Tou-Ema am Morgen. »Schlangennest, giftiges! Möge sich der Vulkan über dich ergießen, du Insel des Verrats!«

Und am Abend betete er so:

»Insel, die du nicht mehr Bett für Tou-Ema bist! Nicht mehr Straße für seine Füße! Die Blätter der Bäume mögen sich in Stein verwandeln und auf die Menschen niederprasseln, auf Fleisch und Knochen derjenigen, die meinen Namen verflucht haben!«

Die Möwen verstanden nichts, aber der Zorn seiner Worte ließ ihr Gefieder erbeben wie der Wind aus dem Süden. Keine von ihnen kreuzte jemals im Flug die Bahn von Tou-Emas Blick auf die Insel, als wäre sie eine Klinge, ein langer, unsichtbarer Stachel, eine feurige Spur.

Vierzehntes Kapitel

Die Zeit verging, Kontuac war ein guter Häuptling, beinahe wie Tou-Ema. Kein Mensch und keine Schrift aus Stein sprach gegen ihn, und das Volk der Osterinsel lebte von Fischfang und Viehzucht, flocht Matten und bereitete die Mahlzeiten.

Vielleicht erinnerte sich manch einer, aber nur Kintea-Ni zeigte es. Sie hatte sich die Haare mit langen Tipeue-Stängeln zusammengebunden und um den Kopf geschlungen, und aus anderen Stängeln hatte sie sich einen dunklen Gürtel gemacht und um ihre Taille gelegt. Immer, auch tagsüber, trug sie den kleinen, weißen Stein bei sich, der die Seele Tou-Emas war. Nachts wachte sie oft auf und hauchte ihn an, um ihn zu wärmen.

Jeden Tag ging Kintea-Ni zu einer der Hütten des Dorfes, trat an die Schwelle, verneigte sich und sagte zu denen, die darin wohnten:

»Ich grüße euch und segne euer Mahl. Ich bin Kintea-Ni, die Tochter von Mato-Tua, dem Fischer.

Ich komme, um euch zu sagen, dass Tou-Ema, der Edle, nicht mit versteckten Vogelflügeln weggeflogen ist in jener Nacht. Tou-Ema war ein gütiger, weiser Häuptling. Böse waren die Steine und falsch die Stimmen. Hier ist seine Seele. Ich hielt sie in jener Nacht, da er verschwand, in Händen, und sie zerbrach nicht und wurde nicht zu Eis. Er lebt und sein Blut fließt. Tou-Ema wird zurückkehren, und ich werde glücklich sein, und die Insel wird ihren Häuptling wiederhaben.«

Die Menschen in der Hütte hörten ihr schweigend, mit gesenktem Kopf, zu, aber sie taten so, als hörten sie nichts oder nur den Wind des Meeres, der durch die Blätter des Dachs fuhr. Die Kinder sahen auf und die Eltern sagten:

»Esst weiter. Es ist nichts. Da ist niemand.«

So glaubten die Kinder mit der Zeit, Kintea-Ni wäre niemand, und das gab ihrer Fantasie und ihren Spielen Nahrung.

Schließlich erhob sich Kintea-Ni und kehrte zu ihrer Hütte zurück, wo ihr Vater und ihre Brüder nicht weiter auf sie achteten und sie in Ruhe ließen. Den übrigen Tag verrichtete das Mädchen gewissenhaft seine Arbeit, flocht Matten, bereitete das Essen, sammelte Obst und knetete den Brotteig. Sie redete viel mit den Kindern in der Hütte und kämmte sich oft und lange mit einem Kamm aus Palmenholz das Haar. Dann band sie es mit Tipeue-Stängel wieder fest zusammen. In einem kleinen Lederbeutel, den sie um den Hals trug, hatte sie Tou-Emas Seele, und hin und wieder nahm sie den Stein in die Hand und liebkoste ihn.

Früh am Morgen, wenn das Dorf noch schlief und nur die Hunde herumstreunten, stand Kintea-Ni auf und stieg die Hänge des Vulkans hoch, um Blumen zu pflücken, die sie dann in Tou-Emas verlassene Hütte brachte. Dort nahm sie die verwelkten weg und streute die frisch gepflückten wie einen duftenden Teppich aus.

Eines Tages sagte Kontuac zu Mato-Tua:

»Mato-Tua, guter Fischer, deine älteste Tochter geht mit geflochtenem Haar durchs Dorf und erzählt den Leuten seltsame Geschichten.«

»Sie tut nichts Böses, Häuptling Kontuac«, antwortete Mato-Tua. »Sie redet, träumt mit offenen Augen ... Die Leute hören ihr nicht zu und die Kinder lachen sie aus. Uns fällt sie nicht lästig, und das Brot, das sie isst, ist nicht gestohlen. Sie ist zu allen freundlich und singt ihnen Lieder vor.«

»Aber sie trägt diesen Stein um den Hals und redet wirres Zeug über den unheilvollen Makemake, den Vogel-Gott, der die Insel im Würgegriff hielt. Die Leute hören nicht hin, aber sie hören es doch, und schlechte Worte sind Samen für schlechte Pflanzen«, sagte Kontuac.

»Niemand achtet auf sie, Häuptling Kontuac.

Weißt du, was die Kinder sagen, wenn sie rings um sie spielen, während sie die Matten flicht? ›Du bist niemand! Wir wissen, dass du niemand bist!‹ Und außerdem, Häuptling Kontuac, ich bin sehr alt und erinnere mich auch an andere Männer und Frauen, die anders als die Leute im Dorf lebten. Gewiss hat dir dein Vater, der edle Nok-Ti, der jetzt die Augen für immer geschlossen hat, von der alten Soma erzählt, die nie redete, sondern immer nur sang. Als wir klein waren, ich und dein Vater Nok-Ti, der jetzt in Frieden ruht, und all die anderen aus unserer Zeit, hörten wir sie den ganzen Tag singen. Sie tat niemandem etwas zu Leide und bis zu ihrem Tod gehörte sie zum Dorf. Und Nok-Ti hat dir bestimmt auch von Kele-Otuò erzählt, dem Mann, der eines Tages zum Vulkan hinaufstieg und nicht mehr herunterwollte. Seine Brüder brachten ihm das Essen hinauf, ließen es zwischen den Felsen stehen und kehrten ins Dorf zurück, ohne ihm zu begegnen. Viele Jahre lebte er dort oben und niemand hat ihn je gesehen. Eines Tages fanden sie das Essen unberührt vor und wussten, dass er gestorben war. Sie suchten nicht nach ihm, denn er war hinaufgegangen und hatte für immer dort bleiben wollen.«

»Ich kenne diese Dorfgeschichten, Mato-Tua«, sagte Kontuac. »Und solange deine Tochter keinen Schaden anrichtet, wird das Dorf sie behalten können. Aber eines sollst du wissen: Sollte ein Jüngling um ihre Hand anhalten, so werde ich meine Zustimmung zur Hochzeit verweigern, damit der Same, den sie trägt, sich nicht vermehrt.«

»Mach dir keine Sorgen, Häuptling Kontuac«, sagte Mato-Tua. »Niemand will meine Tochter. Und sie denkt nicht an Männer.«

Fünfzehntes Kapitel

Tou-Emas Hände wurden zu Vögeln. Auf dem Motu-Iti-Felsen versuchte er Tag für Tag sie so zu bewegen, als wären sie Möwen. Es war eine Art Spiel, das kein Spiel war, ein Zeitvertreib für eine Zeit, die nicht verging. Er ließ die Hände zunächst reglos auf dem Felsen ruhen, dann hob er sie empor, bewegte dabei langsam die Finger, neigte sie in den Wind, ließ sie um sich kreisen und setzte sie schließlich mit einem leichten Ruck wieder auf dem Felsblock auf.

Es war ein Spiel, das er immer wieder spielte, beinahe ohne dass es ihm bewusst war, ahmte er Tausende von Flügen, Bewegungen, Schwüngen und Landungen nach, die er an den Möwen beobachtet hatte. Und er ahmte sie immer besser nach, immer genauer, bis in die feinsten Bewegungen der Flügel und die schwierigsten Stellungen im Wind.

Die Möwen beobachteten sein Spiel. Am Anfang wurden sie unruhig, wenn sie sahen, wie der

Mann ungeschickt die Hände hob und senkte, weil sie Gefahr fürchteten. Mit der Zeit aber merkten sie, dass die Hände des Mannes Vögel waren. Zuerst sahen sie, dass es Vögel waren, die sich auf eine seltsame, fremde Weise bewegten; dann sahen sie, dass es Vögel waren, die den Möwen ähnelten. Dann sahen sie, dass es Möwen waren. Sie erkannten die Zeichen von Bewegung und Rhythmus, die um vieles wichtiger sind als die von Form und Farbe; sie sahen, dass der Mann mit zwei Möwen spielte; sie sahen, dass er immer zwei Möwen bei sich hatte. Sie sahen, dass die zwei Möwen, die bei dem Mann waren, keine Angst vor ihm hatten und immer neben ihm hockten, wenn er zur Insel hinübersah, und sich auf sein Kommando in die Luft erhoben, wenn er seine Verwünschungen ausstieß. Sie sahen, dass sie nachts bei ihm schliefen und ihm am Morgen halfen, seine Kopfbedeckung aufzusetzen, sie sahen, dass sie ihm Fische fingen und sie ihm zum Mund führten.

In ihrem Möwendenken dachten die Möwen, dass der Mann ein Möwen-Häuptling sein müsse. Da ihr Denken sehr einfach war, dachten sie, er sei der Häuptling der Möwen. Und sie begannen ihm zu gehorchen. Aber da Tou-Ema nicht wusste, dass er der Häuptling der Möwen war, gab er keine Befehle, und die Möwen von Motu-Iti taten das, was seine Hände taten. Wenn die Hände des Mannes sich im Spiel erhoben und flogen, dann flogen auch die Möwen auf und übertrugen seine kurzen Flüge in die Weite des Himmels. Wenn eine Hand flog und die andere ruhte, dann flog ein Teil der Möwen und der andere Teil blieb auf den Felsen zurück. Wenn Tou-Emas Hände fischten, dann suchten auch die Möwen ihre Nahrung im Meer.

Lange Zeit wusste Tou-Ema nicht, dass er der Häuptling der Möwen war. Er verbrachte die Tage damit, sich an sein Leben zu erinnern, Flüche auszustoßen, Fisch zu fangen und im Spiel den Flug der Möwen nachzuahmen. Und das alles blieb lange Zeit so, eine Zeit, deren Dauer man nicht kennt und die man nur ahnen kann: eine Zeit der Felsen und des Meeres.

Aber allmählich verspürte Tou-Ema, wenn er sein Spiel spielte, ein sonderbares, angenehmes und zugleich lästiges Gefühl. Er hatte das Gefühl, dass er nicht die eine oder andere Möwe, die er sah, nachahmte, sondern alle, die in diesem Moment über dem Felsen kreisten. Lange blieb es bei dieser vagen und unbestimmten Art der Wahrnehmung dessen, was rings um seine Hände geschah: Denn Tou-Ema war ein einfacher und guter Mensch und die Erkenntnis der Macht findet nur schwer und unter Schmerzen Eingang in den Geist der Guten. Und noch schwieriger und schmerzlicher, wenn es sich um uneingeschränkte Macht handelt.

Aber eines Tages oder vielleicht am Tag danach, an einem bestimmten Tag in der Zeit der Felsen und des Meeres sah Tou-Ema, dass nicht er die Möwen nachahmte, sondern die Möwen ihn. Er sah, dass sie sich lenken ließen. Er sah, aber er verstand nicht. Und die Wahrheit, die er sah, war wie ein langer, beängstigender Taumel, den er von Zeit zu Zeit unterbrach, indem er die Augen schloss und den Flug seiner Hände unterbrach, aber als er die Augen wieder öffnete, sah er, dass alle Möwen auf dem Felsen hockten, und als er die Hände ein wenig bewegte, sah er, wie sie unruhig wurden, und wenn er sie zum Flug emporstreckte, sah er, wie sie aufflogen, und als er sie wieder hinlegte, sah er, wie sich alle gleichzeitig niederließen …

Sechzehntes Kapitel

Kontuac, der Häuptling, nahm Tepieti, die Tochter des Hirten Patuay, zur Frau. Das Fest dauerte drei Tage und drei Nächte, und drei Wochen lang flatterten auf den Hütten des Dorfes bunte Lederbänder im Wind des Ozeans.

Auch Kintea-Nis jüngere Schwestern, die keine Kinder mehr waren, heirateten. Loko-A vermählte sich mit Ru-Tu, einem der jungen Männer, die sich eines Abends am Strand westlich des Dorfes versammelt hatten. Vier Monate nach der Hochzeit wölbte sich ihr Bauch und nach weiteren fünf Monaten gebar sie einen Knaben, der Te-Kue genannt wurde. Timilà heiratete den jungen Se-Lay, einen Bruder Kontuacs, und brachte nach neun Monaten ein Mädchen zur Welt, das Giunakati genannt wurde.

Kintea-Ni heiratete nicht. Sie dachte nicht an Männer und kein Mann dachte an sie. Mit geflochtenem Haar verrichtete sie ihre Arbeit und spielte mit den Kindern ihrer Schwestern. Sie bereitete den kleineren Geschwistern das Essen und flocht neue Matten. Aber jeden Tag ging sie zu einer der Hütten des Dorfes, grüßte und kniete an der Schwelle nieder. In den offenen Händen hielt sie einen weißen Stein und sang ein Lied.

Es war nie dasselbe Lied: Jedes Mal war ein Wort mehr oder ein Wort weniger oder ein anderes Wort dabei. Oder das ganze Lied war anders, oder ein Teil war neu und der andere alt.

Eines Tages sang sie zum Beispiel so:

Wer konnte sagen,
dass helle Augen schwarze Steine sind?
Wer konnte sagen,
dass schönes Haar wie Schlinggarn ist?
Ich kannte ein Lämmchen,
das war schön anzusehen und zu streicheln,
aber wer hielt es für einen wilden Hund
oder eine Eidechse aus dem Vulkan?

An einem anderen Tag sang sie so:

Weiß weiß weiß
ist mein Stein,
weiß weiß weiß,
nicht schwarz nicht schwarz.
Wer glaubt dem schwarzen Stein,
wenn der Stein weiß ist?
Wer glaubt den schwarzen Zeichen,

wenn die Ziegenmilch fließt?
Weiß weiß weiß
ist mein Stein,
rein wie die Augen
des Jünglings, der reine Liebe ist.

Die Menschen in den Hütten senkten nicht mehr den Kopf, wenn Kintea-Ni sang. Sie taten nur so, als hörten sie nicht. Die Kinder aber schauten und hörten mit offenem Mund zu, denn die Lieder waren schön, und Kintea-Nis Stimme lieblich.

Nur manchmal senkten die Menschen den Kopf und runzelten die Stirn, als hörten sie den Sturm von Süden kommen. Das geschah, wenn Kintea-Ni Tou-Emas Namen aussprach. Kontuac, der Häuptling, hatte gesagt, der Name Tou-Emas sei verflucht und man dürfte ihn nicht aussprechen, weil er Unglück bringe. Kintea-Ni nannte ihn fast nie in ihren Liedern, denn sie wollte nicht, dass die Menschen die Köpfe senkten und zu den Kindern sagten: Haltet euch die Ohren zu!

Aber manchmal entfuhr ihr beim Singen Tou-Emas Name wie ein kleiner Vogel, der oft und oft gegen die Gitterstäbe seines Käfigs gestoßen ist und einmal doch die Öffnung findet.

Andere, lange und schöne Lieder sang Kintea-Ni den Kindern ihrer Schwestern vor. Sie erzählten vom Wasser und der Erde, von den verborgenen Früchten aus dem Wald auf den Hängen des Vulkans und vom Vulkan selbst, in dem ein erloschenes Feuer schlief. Am liebsten mochte Kintea-Ni Giunakati, die Tochter von Timilà und Se-Lay. Stundenlang spielte sie mit ihr, brachte ihr bunte Muscheln, Blumen und kleine, süße Coycoto-Früchte.

Giunakati lachte, wenn sie Kintea-Ni sah und streckte ihr die zwei kleinen, braunen Arme entgegen. Bevor Kintea-Ni sie in den Arm nahm, kniete sie vor ihr nieder, küsste ihre Hände und fuhr mit der Zunge über die winzigen Fingerspitzen.

Siebzehntes Kapitel

Am Anfang dachte Tou-Ema noch nicht an Überfälle. Wochenlang erprobte er, noch immer verwundert und ungläubig, die tausend Möglichkeiten seiner Macht. Er hob die Hände, bewegte sie, und der Himmel von Motu-Iti füllte sich mit gehorsam auffliegenden Möwen, die wild durcheinander kreischten. Er senkte die Arme behutsam und die Möwen hielten im Flug inne und sanken wie dichter Schneefall auf den Felsblock nieder. Hob er nur eine Hand, dann flog ein Teil der Möwen auf, während der andere Teil sitzen blieb. Mit immer genaueren Bewegungen lenkte Tou-Ema den Flug der Vögel auf tausenderlei Art, wie ein Bildhauer, der eine lockere, fügsame Masse formt, die die Gesten des Menschen im Himmel großzügig ins Riesenhafte überträgt.

Es war ein aufregendes Spiel, von dem er nicht genug bekommen konnte. Und es war mehr als ein Spiel, es war ein großer, mächtiger, vielgestaltiger Tanz, dessen Zentrum und Ausgangspunkt Tou-Emas Körper war.

Aber für die Möwen von Motu-Iti waren auch Tou-Emas Blicke in gewisser Weise Möwen, und auch seine Worte. Wenn er, wie gewöhnlich, des Morgens und des Abends seine traurigen Verwünschungen zur Osterinsel hinüberschickte, dann flatterten die Möwen unruhig umher, erhoben sich kreischend zu kurzen Flügen und schlugen wild mit den Flügeln um sich, vor Erregung und Gram.

Und eines Morgens geschah es. Qualvolle Bilder hatten Tou-Ema schlimmer als sonst im Schlaf heimgesucht und ein heftigerer Fluch als üblich kam über seine Lippen: Im größten Zorn riss er die Hände hoch und streckte sie der Insel entgegen, als wollte er den Raum überwinden, sie packen, schlagen und zu Schanden richten.

Da war es, als verstünden die Möwen jene Botschaft, die zuvor noch unklar und zu schwach gewesen war. Kreischend warfen sie sich alle, bis auf die jüngsten, im Fliegen noch unerfahrenen, in den Himmel Richtung Osterinsel, zu Hunderten, und Tou-Ema konnte ihnen nur noch verwundert nachsehen, wie sie, gleich einer kleinen, zornigen Wolke, im Blau des Himmels verschwanden.

Motu-Iti war still und verlassen, wie er es noch nie erlebt hatte: nichts als die Rufe der jungen

Möwen zwischen den Felsen und das unablässige Schlagen des Meeres gegen die Klippen.

Tou-Ema keuchte genauso wie einstmals Kontuac auf dem Vulkan: Unruhig lief er hin und her, beobachtete den Himmel um Motu-Nui, öffnete und ballte die Hände, als ob sie ihn schmerzten.

Kurze Zeit verging. Dann zitterte etwas im Himmel über Motu-Nui. Tou-Ema sah, wie die Möwen in einem riesigen, ungeordneten Schwarm, wie ein weißer, beweglicher Fleck, zurückkehrten; einen Augenblick später waren sie über Motu-Iti, kreischend wie beim Abflug, hockten sich nieder und verstummten.

Viele der Möwen hatten ein zerzaustes schmutziges Gefieder, als wären sie gegen die Erde geprallt oder wären mit den Flügeln gegen die Äste der Bäume geschlagen: Viele trugen etwas im Schnabel.

Schwer atmend nahm Tou-Ema einen Stein in die Hände und hob ihn hoch: Alle Möwen flogen auf. Er öffnete die Hände, der Stein fiel zu Boden: und auf seiner Schulter landete eine Katuea-Blüte. Und über Motu-Iti ging ein kurzer, heftiger Regen aus Blättern, Erde, kleinen, rötlichen Vulkansteinen und Holzsplittern nieder.

Tou-Ema lief und sammelte die Stückchen ein, drückte sie an die Brust, roch an ihnen, verwahrte sie wie ein Geschenk in einer Mulde zwischen den Klippen, nahm sie immer wieder in die Hand …

Erst nach drei Tagen, in denen er lange über jene Bruchstücken gelacht und geweint hatte, dachte er an die Überfälle.

Achtzehntes Kapitel

Vom ersten Besuch der Möwen auf der Osterinsel bemerkte nur Meitami etwas, ein junger Fischer, Sohn des Natuek, der in seinem Kanu an der Westküste entlangfuhr. Mit offenem Mund sah er, wie der wütende Schwarm auf die Stirnseite des Vulkans niederstürzte, zum Teil im Gebüsch verschwand und sich wieder in die Luft erhob.

Meitami hatte noch nie so viele Möwen auf einmal gesehen, und auch nie eine Möwe, die sich so verhalten hätte. Er paddelte schnell zum Dorf zurück, vorbei am flachen Felsvorsprung von Matutai, legte an und berichtete, was er gesehen hatte. Er erzählte es mehrere Male, und die Gruppe, die ihm zuhörte, wurde immer größer. Er erzählte immer noch, als er zur Gemeinschaftshütte ging, und die, die es schon gehört hatten, folgten ihm, um es noch einmal zu hören.

Die Ältesten und der Häuptling Kontuac hörten ihn an und sagten, dass es sehr seltsam sei.

Viele Tage lang geschah nichts dergleichen, und nur die wenigen Möwen, die auf den Felsklippen der Insel lebten, zogen ihre Kreise zwischen Himmel und Erde.

Ein Teil der Menschen auf der Osterinsel glaubte Meitami, weil er ein nachdenklicher junger Mann war und kein Possenreißer, aber die anderen glaubten ihm nicht, denn noch nie hatte man Hunderte von Möwen auf einmal gesehen, die sich ins Unterholz stürzten, es wild durchkämmten und wie der Blitz wieder verschwanden. Alle aber hatten sie von dem jungen Fischer gehört, dass der Schwarm nach Motu-Iti davongeflogen war, jenem fernen, verlassenen und gefahrvollen Felsen. Und so geschah es, dass die Menschen, wenn sie aus ihren Hütten traten, unwillkürlich einen kurzen Blick auf den Himmel im Süden warfen, hinter die gedrungene Form von Motu-Nui.

Als die Möwen wiederkamen, waren es viele, die sie sichteten. Die Sonne war gerade untergegangen und umso seltsamer erschien das massenhafte Auftauchen jener Tagesvögel.

Schreie der Warnung und des Schreckens hallten durch das Dorf, und aus dem Dorf hinaus auf die kleinen Felder, die man am Vulkan und den Felsklippen bebaute. Alles blickte zum Himmel und beobachtete, wie der sichelförmige Schwarm näher kam, und niemand sprach oder fragte etwas, denn man konnte spüren, dass die Antwort bald kommen würde.

Kreischend stürzten die Möwen auf die Küste herab, genau an der Stelle, wo das Dorf lag. Zu Hunderten prasselten sie wie geflügelte Steine auf die Erde und den Strand nieder und ein Sprühregen ergoss sich über das Ufer. Die Dächer der Hütten, die dem Meer am nächsten waren, bogen sich unter der weißen Last und brachen an vielen Stellen ein. Durch die Luken fielen einige Möwen unter Geschrei ins Innere der Hütten, deren Bewohner entsetzt flohen, unter Schreien, die jenen der Möwen ähnlich waren. Die Fische, die auf den Steinblöcken rings um den kleinen Strand zum Trocknen aufgereiht lagen, verschwanden unter den Leibern der Möwen, und als sie wieder aufflogen, waren auch die Fische fort. Auch vor dem Stroh der Dächer machten die Schnäbel und Krallen nicht Halt und verstreuten es im Wind: Die Hütten am Ufer des Meeres waren verwüstet.

Da erhob sich die Möwenbande, formte sich im Himmel zu einer Spitze und verließ die Insel, nicht ohne zuvor Strohbüschel, Holzspäne, schillernde Fischgräten und weiße Federn abzuwerfen, die sie bei ihrem wilden Angriff hatten lassen müssen.

Das Volk der Osterinsel hatte starr vor Schreck zugesehen. Viele waren hinter Bäume gelaufen, andere hatten sich auf die Erde geworfen. Niemand hatte eine Hand oder einen Stock gegen die Eindringlinge erhoben. In dem vor Schreck erstarrten Dorf waren nur die Schreie der Kinder zu hören.

Neunzehntes Kapitel

Der greise Pati-Etè ergriff im Ältestenrat das Wort. Die gesamte Bevölkerung der Insel, außer den ganz kleinen Kindern, die zwischen den Hütten mit flachen, schwarzen Steinen spielten, saß im Kreis.

»In all den Geschichten, die die Alten erzählten, in all den Geschichten, die die Alten von den Alten gehört haben«, sagte Pati-Etè, »war nie von einem Ereignis die Rede, wie wir es erlebt haben. Die Vögel des Meeres stürzen sich auf die Insel, auf das Dorf, und verletzen es wie ein grausamer Gedanke!«

Nach ihm sprach der greise Otuti, der mit seiner Familie in der letzten Hütte ganz oben am Vulkan wohnte:

»Die Vögel kommen und verschwinden, wie ich es in all den Jahren nicht gesehen habe, und auch nicht mein Vater und der Vater meines Vaters. Sicher ist das die Rache dessen, der uns einst bedroht hat und der des Nachts fortgeflogen ist.

Die Möwen sind sein Fluch und irgendetwas hat ihn heraufbeschworen.«

Da hob Kontuac seine Hand und sagte:

»Du sprichst unüberlegte Worte, greiser Otuti! Der, der uns bedroht hat, ist hinter dem Kreis des Horizonts verschwunden. Diese Vögel sind aus einem anderen Grund verrückt geworden! Vielleicht sind sie krank, vielleicht juckt sie etwas im Gefieder, auch bei den Ziegen in der Herde kommt das vor, und sie rennen dann wirr durcheinander, reißen aus und sterben zwischen den Felsen des Vulkans.«

Doch Rua-Onak entgegnete:

»Nicht Otuti spricht unüberlegt, Häuptling Kontuac, du selbst sagst leichtfertige Dinge, und das mit einer Heftigkeit, die dem Denken nicht weiterhilft. Diesen Vögeln juckt nichts im Gefieder. Sie kommen, schlagen zu wie Klauenhände und fliegen nach Süden davon.«

»Nach Motu-Iti fliegen sie!«, sagte Natuck, der alte Fischer. »Auf jenem Felsen aus schroffem Stein leben die Möwen. Aber nie oder nur ganz selten wagen sie sich von dort bis zur Insel vor. Und nie in so großer Zahl und so einig in ihrer Angriffslust. Ich habe so etwas noch nie gesehen, und auch nicht mein Vater oder der Vater meines Vaters. Eine grausame Kraft lenkt sie.«

»Wir können Motu-Iti nicht sehen«, sagte Otuti. »Auch von der Spitze des Vulkans kann selbst ein Knabe mit dem schärfsten Blick nur einen Felsen im Meer erkennen. Wir müssen nach Motu-Nui fahren und es von dort versuchen.«

Otutis Vorschlag gefiel den Ältesten, sie wiederholten ihn und nahmen ihn an.

Als Kontuac an der Reihe war, sagte er:

»So haben die Ältesten entschieden. Morgen werden wir mit einem großen Kanu nach Motu-Nui fahren. Ich, fünf Ruderer und drei des Ältestenrats. Und obwohl ich nicht glaube, dass wir etwas sehen werden, werden wir den Motu-Iti-Felsen, von dem die Möwen kommen, beobachten.«

»Mein Rat, Häuptling Kontuac«, sagte Nemu-Amok, der Greise, »ist, dass auch drei Knaben im ersten Flaum im Boot mitkommen sollen, denn in jenem Alter sind die Augen am schärfsten.«

Am Tag darauf fuhr das große Kanu des Dorfes im Windschatten von Motu-Nui zum Felsen der Seeschwalben. Kontuac ließ genau an der Stelle anlegen, an der er vor langer Zeit das Schwalbenei unter einem Stein versteckt hatte. Dann stiegen alle, die Ältesten mit Hilfe der anderen, zum höchsten Punkt der Insel hinauf. Zu Dutzenden stoben die erschrockenen Seeschwalben aus den Felsritzen hervor.

Am Gipfel angelangt, suchten sich alle Männer und Knaben auf den nackten Felsen eine Stelle mit guter Sicht und sahen nach dem mehr als eine Seemeile entfernten Motu-Iti hinüber.

»Nun, was seht ihr?«, sagte Kontuac. »Da ist er, der Felsen, und die Möwen, die ihn umkreisen. Was wir sehen, ist das, was wir schon wissen.«

»Wer es zu eilig hat, erfährt nichts und sieht auch nichts, Häuptling Kontuac«, sagte Otuti. »Warten wir ein wenig. Das Auge gewöhnt sich an die Entfernung und mit der Zeit rücken die Dinge näher!«

Sie standen lange schweigend da und schauten auf den Felsen über dem spiegelnden Meer.

Plötzlich rief Uki-Tini, der jüngste der Knaben:

»Da! Ich sehe eine Gestalt, die sich bewegt!«

Von seinem Blick geführt, richteten auch die anderen den Blick auf die Westspitze der Insel, suchten nach einer Bewegung und fanden sie: Winzig klein, aber deutlich, sahen sie den Körper eines Menschen mit einem großen, weißen Kopf vor dem gelblichen Hintergrund des Felsens. Und wenn sie die Augen anstrengten, konnten sie erkennen, dass um jene Gestalt, wie ein lichter, weißer Hof, die Möwen kreisten.

Kontuacs Kehle begann zu kratzen und zu zittern wie bei einer Entzündung. Und mit weit aufgerissenen Augen spürte er Fieber und Angst in seinem Körper hochsteigen.

Zwanzigstes Kapitel

Im Monat darauf erreichte Tou-Emas Rache ihren Höhepunkt. Auf der einzigen waagrechten Fläche von Motu-Iti, einem dunklen, rauen Steinblock, ordnete er Muscheln und Steinchen so an, dass sie das Dorf darstellten. Aus dem Gedächtnis verteilte er die Hütten genau, zeichnete mit trockenen Algen und Fischgräten die Zäune ein und stellte kleine, grüne Schwämme auf, die für die Bäume standen. In die Einfriedungen legte er, wo er es für nötig hielt, winzige, weiße Muscheln – das waren die Kochstellen, und andere, noch kleinere, waren die Kupiteie-Kürbisse in den Gemüsegärten im Norden des Dorfes.

Tou-Ema weinte, während er aus Muscheln und Steinen das Dorf baute, denn jede Hütte, jeder Baum, jeder Ort erinnerte ihn an Dinge und Tage aus seinem glücklicheren Leben. Viel weinte er, als er seine eigene Hütte errichtete, und viel, als er die Kintea-Nis aufstellte. Er weinte und knirschte vor Schmerz und Zorn mit den Zähnen, als er auf der Westseite des Dorfes eine große, schwarze Muschel hinlegte, die Kontuacs Hütte sein sollte.

Mehr als zwei Wochen, vielleicht drei oder vier, verbrachte Tou-Ema damit, auf dem dunklen Steinblock die Gestalt des Dorfes nachzubilden: Und an jenen Tagen voll Arbeit vergaß er sogar, morgens und abends seinen Fluch zur Insel zu schicken.

Die Möwen ließen ihn nicht aus den Augen. Wenn sie auf den Felsen hockten oder auf ihren kurzen Flügen auf Fischfang rund um Motu-Iti kreisten, beobachteten sie unentwegt Tou-Emas Hände und das, was auf dem dunklen Steinblock Gestalt annahm. Von Anfang an wussten sie, was es war. Gleich nachdem Tou-Ema die ersten Muscheln hingelegt hatte, erkannten die Augen der Möwen die Formen der Anlage, die sie bei ihren Flügen über die Insel und das Dorf gesehen hatten. Ein Dutzend Steinchen, in ähnlicher Anordnung wie die der Hütten, hätte den Möwen genügt, um das Bild des Dorfes zu erkennen. Doch in seinem quälenden Spiel fügte Tou-Ema immer neue Details hinzu und verlängerte so seinen Schmerz.

Als das Werk vollendet war, ließ Tou-Ema eines Morgens seine Hände langsam um das aufgebaute Dorf kreisen. Dann fuhr eine auf Kontuacs Hütte nieder und zerstörte sie, die andere stürzte sich auf den Weideplatz neben der Hütte von Moi-Tek, einem der neun, die sich an jenem fernen Abend mit Kontuac am Strand zum Trinken getroffen hatten. Danach ließ er seine Hände auf die Hütte von Puja-Nama niedersausen, einem anderen der neun, und auf die umliegenden Wiesen. Schließlich fiel er über die Felder von Topake und die Hütte von Mety-Bey her...

Kintea-Nis Hütte und ein paar andere blieben von den Händen verschont. Sie legten sich neben Tou-Emas Körper zur Ruhe.

Die Möwen flatterten aufgeregt, streckten ihre weißen Flügel und zogen sie langsam, fast unwillig, wieder ein.

Da hob Tou-Ema wieder die Hände in die Höhe und begann noch einmal den Angriff auf das kleine Dorf aus Muscheln, Steinen, Gräten und Schwämmen. Er überfiel dieselben Hütten, dieselben Weideflächen und Gärten, dieselben Felder. Er sparte die Hütten aus, die er auch zuvor ausgespart hatte. Und dann wiederholte er das Ganze ein drittes, ein viertes und ein fünftes Mal. Einen ganzen Tag dauerte die grausame Arbeit seiner Hände und die Möwen wurden immer wilder und ungeduldiger. Ein rauer Wind schien über den Motu-Iti-Felsen zu fegen und ließ ihn in einem weißen Schauer erbeben. Schließlich, als die Vögel sich in eine bebende, unheimliche Erregung gesteigert hatten, senkte Tou-Ema seine

Hände ein letztes Mal. Und als hätte er das kleine Dorf auf dem Stein vergessen, wandte er sich langsam um und richtete den Blick auf die Insel. Dann riss er, rasch und entschlossen, die Arme nach vorn und richtete die zehn zitternden Finger seiner Hände wie feurige Strahlen, wie Kanonenrohre, auf die Osterinsel.

Es war eine Explosion in Weiß. Hunderte von Möwen warfen sich in die Luft, stießen gegeneinander, kämpften beinahe um ihren Platz im Schwarm und zielten mit einem einzigen, wütenden Schrei auf die Insel.

Das dichte, tobende Getümmel entschwand Tou-Emas Augen und wurde vom Himmel aufgesogen.

Einundzwanzigstes Kapitel

Es waren drei Angriffe, einer heftiger als der andere. Einige Hütten des Dorfes, die von Kontuac vor allem, waren fast vollkommen zerstört; die kleinen Gärten vernichtet, das Obst zerfetzt und zerhackt. Die Zäune waren an mehreren Stellen ausgerissen und die verletzten und verschreckten Schafe irrten verloren über die Hänge des Vulkans.

Wie ein Albtraum hatte das Volk der Osterinsel den Schrei erlebt, der aus dem Süden kam, und den Überfall der Möwen, der ihm folgte. Dutzende von Vögeln, denen die Mutigeren mit Stöcken entgegengetreten waren, lagen mit gebrochenen Flügeln am Boden. Aber die Verteidigung war schwach und ohne Führung gewesen, denn der Häuptling Kontuac hatte keine Stimme mehr und keinen Willen. Er krümmte und wälzte sich auf dem Boden vor seiner Hütte, die die Möwen am heftigsten angegriffen hatten, schrie wie ein Verrückter und hörte nicht einmal auf die

Klagen seiner Frau. Ein unsichtbarer Schmerz drückte ihn in Brust und Kehle.

Im Dorf herrschte Verwirrung, Leid und Entsetzen; die Menschen warfen einander nur ein paar Worte zu oder flüsterten unverständliche Dinge ohne Sinn.

Nach dem dritten Angriff der Möwen und in Erwartung eines vierten, der aber ausblieb, versammelten sich die Ältesten am Strand. Einer zog mit der Hand rund um die düstere Gruppe einen Kreis im Durchmesser von etwa zehn Schritten in den Sand. Das war die Linie, die niemand überschreiten durfte, der nicht zum Ältestenrat gehörte. Und es bedeutete, dass die Ältesten über allerhöchste Dinge sprechen und unwiderrufliche Entscheidungen treffen würden.

In einem Kreis, der viel größer war als der im Sand, wartete schweigend das Volk der Osterinsel, und manch einer blickte zuweilen in den strahlend blauen Himmel im Süden.

Die Gruppe der Ältesten hatte sich kaum versammelt, über dem Schweigen der Menschen hörte man das Meer, da kam vom Vulkan herunter Kontuac gelaufen und warf sich knapp außerhalb des Kreises im Sand auf die Knie. Sein Gesicht und seine Schultern waren dunkel, mit einem rötlichen Staub gefärbt, den man nur sehr weit oben, fast am Kraterrand, in Kesseln aus schroffem Stein findet.

Kontuac hatte seine Hände zu Boden gesenkt, ohne ihn zu berühren, und rief:

»Väter!«

Die Ältesten wandten ihm langsam das Gesicht zu und blieben sitzen.

»Väter!«, rief er noch einmal und hielt seine schmutzig-schwarzen Handflächen in die Höhe. »Ich bin Kontuac, den ihr als Häuptling angenommen habt! Doch auf meinen Händen ruhte eine unsichtbare Last, wie ein Fels aus Glas!«

Und Kontuac begann zu erzählen. Er erzählte von seiner Wut und seinem Neid auf Tou-Ema und von der List mit dem versteckten Ei; er erzählte von seinen nächtlichen Touren, wie er die Verleumdungen gegen Tou-Ema in die Steine gemeißelt hatte; er erzählte, dass er andere Jünglinge irregeführt und sie angestiftet hatte, des Nachts den Häuptling von den Klippen zu werfen und seinen Hund zu töten.

Während Kontuac fieberhaft erzählte, rückten die Inselbewohner immer näher an den Kreis heran, der in den Sand gezeichnet war.

»Jetzt hat sich meine Zunge gelöst«, rief Kontuac, »aber der gläserne Fels sitzt mir immer noch im Kopf, denn ich habe den Fluch Tou-Emas, des Edlen, auf euch herabbeschworen!«

Dann schwieg er, hob mit beiden Händen Sand auf, streute ihn über sein Haupt und ließ ihn wie eine düstere, weinende Maske über das dunkle Gesicht rinnen.

Die Ältesten berieten lange, dann erhoben sie sich und stellten sich vor Kontuac, der mit gesenktem Kopf wartete.

Tutuati ergriff das Wort:

»Du, Kontuac, wirst mit dem großen Kanu nach Motu-Iti fahren. Dort wirst du mit Tou-Ema, dem Mächtigen, sprechen und ihm sagen, dass wir von der Krankheit deiner Lüge geheilt sind. Du wirst ihn fragen, wie er Rache an dir nehmen will, und wirst ihn hierher bringen, damit er wieder unser Häuptling und Beschützer wird und die Gewalt der Möwen ein Ende hat.«

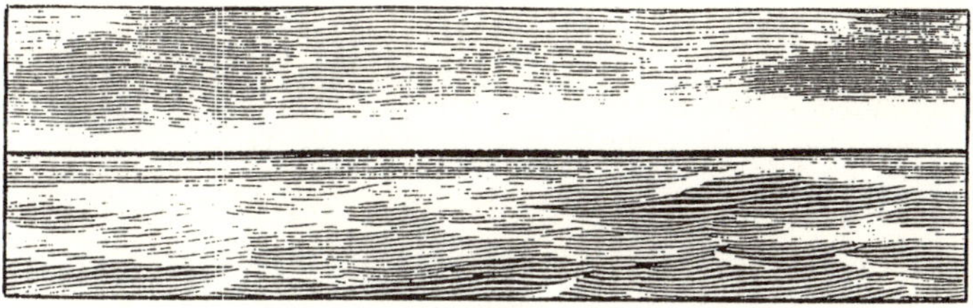

Zweiundzwanzigstes Kapitel

Kintea-Ni, die junge Frau, trug stets geflochtenes Haar und einen schwarzen Tipeue-Gürtel und nahm am Leben des Dorfes nicht mehr teil. Je mehr Zeit verging und je länger ihre Einsamkeit dauerte, desto seltener hörte man ihre Lieder. Nicht, dass sie weniger oder gar nicht mehr sang. Aber sie sang mit kaum hörbarer Stimme, mit nur halb geöffneten Lippen. Oft summte sie nur vor sich hin.

Sie suchte die Schwellen der Hütten auf, blieb draußen sitzen und sang ganz leise: so dass die Menschen in den Hütten nicht mehr so tun mussten, als hörten sie nicht, und nicht mehr zu ihren Kindern sagten: Haltet euch die Ohren zu!

Wenn die Kleinen Kintea-Nis Anwesenheit bemerkten, kamen sie zwar an die Schwelle, um ihr zuzuhören, aber der Gesang der Frau war so schwach, dass sie ihn bald nicht mehr beachteten und ins Innere der Hütte zurückkehrten.

Als die Möwen begonnen hatten, das Dorf anzugreifen, erkrankte Kintea-Ni am Schweigen. Wie alle anderen fürchtete sie sich vor dem Kommen der Vögel; wie die anderen suchte sie Deckung und verfolgte schreiend die Angriffe. Wie die anderen beobachtete sie tagsüber den Himmel im Süden und spitzte die Ohren, um das nahende Kreischen zu hören. Länger aber als den anderen blieb das Entsetzen in ihr. Stundenlang saß sie am Strand und sah auf das Meer. Sie legte den kleinen, weißen Stein vor sich in den Sand und zog schweigend mit dem Finger viele, viele Kreise um ihn. Dann begann sie ihre leisen, wortlosen Lieder zu summen. Sie bewegte die Lippen nicht, als sänge sie in Gedanken.

Und das war ihr Lied:

Tou-Ema, Bruder im Unglück,
du zerreißt uns mit Haut und Haar,
du schlägst uns vom Himmel
mit deinem vielfingrigen Arm!
Doch wüte nicht! Wüte nicht!
Ich bitte dich, die kleine Giunakati weint!
Sie weint vor Angst!

Kintea-Ni löschte mit den Fingern den äußersten Kreis und sang ein anderes geheimes Lied:

Du bist allein, allein, allein
wie ich.

Bist nicht allein,
nicht allein,
nicht allein
auch ich
auch ich
auch ich.

Dann löschte sie einen weiteren Kreis im Sand und sang noch ein Lied:

Tou-Ema, wärme dich,
wärm dich, edler König.
Wärme dich und kehr zurück,
wärme dich und kehr zur Hütte,
kehre zu Kintea-Ni zurück.
Wärme dich und blühe,
wärme dich und kehr zurück,
edler König, kehr zurück,
Tou-Ema, wärm dich ...

Wenn alle Kreise gelöscht waren, nahm sie den Stein wieder an sich und hielt ihn in den Händen, schweigend, bis er sich erwärmte. Dann kehrte sie ins Dorf zurück, das nach dem Ansturm der Möwen wie betäubt schwieg.

Nur die Hunde begrüßten Kintea-Ni, sprangen an ihr hoch, beschnüffelten sie und wedelten winselnd mit dem Schwanz.

Dreiundzwanzigstes Kapitel

Eine Woche lang wütete der Sturm. Drei Tage ohne Unterlass zog ein finsteres, windiges Wetter von Süden herauf, peitschte das Meer und ließ jedes Lebewesen seine Gewalt spüren.

Die Wellen schlugen gegen die Osterinsel, als wollten sie ihren Felsengrund ein für alle Mal zerschlagen. Ein unablässiges Dröhnen, dazu die ständige Gischt marterten die Klippen, und selbst die Hunde verkrochen sich im Innern der Hütten.

War schon für die Insel die Bedrohung groß, so schienen Motu-Nui und Motu-Iti drauf und dran, im Ansturm des Ozeans unterzugehen. Auf den beiden Felseninseln gab es keinen trockenen Winkel, der von der salzigen, zischenden Gischt des Sturms verschont geblieben wäre. Weder Schwalben noch Möwen konnten fliegen, sie drängten und krallten sich in die Felsspalten, und immer wieder entblößte der Wind Stellen ihres Körpers wie plötzlich aufflackernde Lepra-Flecken.

Ob sie schrien oder nicht, war nicht zu hören. Das Tosen des Meeres war das einzige Geräusch.

Tou-Ema hatte sich wie eine Möwe in den einzigen Spalt des Inselberges gezwängt, der seinen ganzen Körper zu schützen vermochte. Es war ein schräger Einschnitt zwischen zwei Felswänden an der Südseite, eineinhalb Meter hoch, an der Öffnung etwa vierzig Zentimeter breit und halb so breit an der hinteren Wand. Wenn er sich zusammenkauerte und die Beine anzog, war Tou-Ema darin vollkommen geschützt, bis auf vereinzelte Wasserspritzer, die über den Felsenkamm hinwegsprühten. Vor allem aber war er sicher vor dem Wind.

Um vor Lärm nicht verrückt zu werden, half sich Tou-Ema mit Ohrbauschen aus zerkauten Federn, die zu dichtem, grauen Werg geworden waren und das Tosen des Meeres mindestens um die Hälfte dämpften.

Die ersten drei Tage verbrachte Tou-Ema in diesem Schlupfloch, wechselte nur manchmal seine Stellung und kroch ein paar Mal heraus, um gegen den Hunger und den Durst eine Auster zu schlürfen.

Am dritten Tag kehrte die Sonne zurück, doch die Wellen tobten mit unverminderter Stärke, und der Wind war noch eisiger als zuvor und fuhr erbarmungslos durch das Gefieder der Möwen und durch Tou-Emas Haar, das aus der Felsspalte hervorlugte.

In seiner Nische schlief und wachte der Mann, ohne einen Unterschied zwischen den beiden Zuständen wahrzunehmen. Und im unablässigen Widerhall des Ozeans dachte er an nichts. Wie sein Körper, so war auch sein Geist reglos und in sich versunken, an den Felsen geklammert, klein und ganz damit beschäftigt, sich gegen das Toben des Meeres und des Himmels zur Wehr zu setzen.

Am fünften Tag begann der Sturm nachzulassen. Mit ein paar letzten, heftigen Wellenschlägen, dazwischen plötzlichen Momenten der Ruhe, machte das Meer seinem Kampf mit den Felsen ein Ende, der Wind flaute ab, das finstere Toben hellte sich auf und entschwand in eine riesige Kuppel aus Licht.

Tou-Emas Körper entspannte sich und sein Geist erwachte. Er nahm die Bauschen aus den Ohren, schüttelte den Kopf hin und her und schob seine Schultern durch den Eingang seines Schlupflochs hinaus, um die noch unruhige Meeresfläche zu betrachten und in langen Zügen die salzige Luft einzuatmen und sie nicht, wie an den Tagen zuvor, dem wütenden Wind in kleinen Mengen abzuringen.

Ein paar benommene Möwen erhoben sich von den Klippen und kreischten über der nunmehr sanften Brandung des Meeres.

Tou-Ema spürte, dass in seinen Körper der Friede eingezogen war. Als hätte der Ozean mit seinem tagelangen Zischen und Tosen seinen Geist gereinigt und entschlackt, dachte Tou-Ema ruhig und ohne Hass an seine Einsamkeit und wünschte sich, sie möge ein Ende finden. Er dachte an die Insel und wünschte sich zurückzukehren und sie zu berühren. Er dachte an ihre Menschen und spürte eine unendliche Sehnsucht.

Lange Zeit, während das Unwetter sich im Licht auflöste und die Möwen wieder Fels und Himmel bevölkerten, lauschte Tou-Ema dem Frieden in seinem Körper und spürte, dass er groß und vollkommen war.

Mit ausgebreiteten Armen lag er auf dem glatten Felsblock am Gipfel von Motu-Iti und wärmte sich in der Sonne, dann faltete er die Hände unter dem Kopf, reglos und ruhig wie ein Kissen, und atmete langsam.

Vierundzwanzigstes Kapitel

Kontuac paddelte langsam in dem mit Geschenken voll beladenen Boot dahin. Gesicht und Schultern hatte er mit Asche beschmiert, die Haare als Zeichen der Demut zu kleinen Zöpfen gebunden. Schweigend sah das Volk der Osterinsel vom Strand aus zu, wie er sich entfernte. Ein Stück weit vor den anderen, die kleinen Füße in den Sand eingegraben, stand Tepieti, die Tochter Patuays; sie erwartete ein Kind. Von weiter hinten, wo die letzten Hütten sich an die Hänge des Vulkans duckten, beobachtete Kintea-Ni, wie Kontuacs Boot in Richtung Motu-Nui immer kleiner wurde, langsam den Felsen umschiffte und schließlich verschwand.

Kintea-Ni ließ den Beutel mit dem weißen Stein, der an einer Kordel von ihren Fingern hing, langsam hin- und herpendeln und summte eines ihrer Lieder.

Auf Motu-Iti war indessen Tou-Ema von Angst befallen worden.

Er fürchtete nicht das Meer oder den Himmel oder den neuen Frieden, von dem er spürte, wie er in seinem Körper und Geist immer weiter und tiefer wurde. Er hatte keine Angst vor der Entscheidung, die er getroffen hatte, zur Insel zurückzukehren und den Menschen entgegenzutreten, die ihn verraten, und denen, die ihn vergessen hatten, oder davor, Kintea-Ni wieder zu sehen.

Er hatte Angst vor den Möwen.

Seitdem das Meer nach dem langen Sturm wieder ruhig geworden war, hatte eine heftige Unruhe die Vögel erfasst. Sie hüpften auf den Klippen umher, stoben zu kurzen, nervösen Flügen in die Höhe, schrien ohne Unterlass und lieferten einander mit den Schnäbeln erbitterte Kämpfe. Nie hielten sie inne. Heftiger als gewöhnlich war das Geflatter auf Motu-Iti und die Köpfe der Tiere schnellten los, als wären sie Pfeilspitzen.

Tou-Ema spürte in den Vögeln die wilde Lust auf Flüge und Angriffe und erschrocken hielt er die Hände möglichst ruhig und offen am Fels.

Die Vögel gehorchten, aber sie schrien vor Ungeduld und Verlangen. Und Ungeduld und Verlangen rissen sie immer wieder in die Höhe, um dann doch wieder auf den Felsen zurückzukehren, wie Tou-Emas Hände es befahlen. Es war, als müsste er ein riesiges, rasendes Pferd im Zaum halten, das nicht zu greifen war: Tou-Emas

Hände zitterten und klammerten sich an den Stein. Seine Augen sahen auf das Meer und sein Geist versuchte die Angst zu überwinden und einen Entschluss zu fassen.

Da sah er das Kanu. Es kam hinter Motu-Nui hervor wie die Maus aus einem Berg. Es schien stillzustehen, aber Tou-Emas scharfes Auge sah, wie es jeden Augenblick größer wurde, und bald konnte er den Körper des Paddlers erkennen, der sich seltsam grau gefärbt, mit gleichmäßigen Bewegungen näherte.

Für einen langen Augenblick vergaß Tou-Ema die kaum zu zügelnde Wut der Möwen und war glücklich über das Kanu und den Menschen, der zu ihm kam. Er versuchte den anderen zu erkennen, aber der war noch zu weit entfernt, und die graue Farbe tarnte ihn.

Plötzlich spürte Tou-Ema, dass eine ungeheure Gefahr in der Luft lag. Es schien, als würde das herankommende Boot die Erregung der Möwen rings um ihn bis zur Raserei steigern. Ständig stießen sie sich vom Felsen ab und stürzten wieder zurück, schlugen und pickten aufeinander ein, rauften sich kreischend die Federn aus. Ein schrecklicher Schrei, der immer lauter wurde, wie das Kreischen von Tausenden von Rädern, lag über Motu-Iti. Es war, als brüllte der Stein selbst.

Tou-Ema vergaß die schreckliche Gewalt seiner Hände, erhob sie und winkte, um sich dem Paddler bemerkbar zu machen:

»Weg! Kehr um! Rette dich! Fahr zurück!«, rief Tou-Ema, aber sein Ruf war nichts gegen das Toben all der Möwen, die sich wie eine weiße Zorneswolke in die Luft warfen, hin auf das Boot in der Ferne.

Tou-Ema schrie, senkte die Hände, verbarg sie hinter seinem Körper, aber es war zu spät. Er sah, wie sich die über den Himmel versprengte Wut der Vögel auf das Kanu richtete, sich zu einem unaufhaltsamen Strahl aus Sturzflügen, Schnäbelhieben und hastigen Drehungen bündelte: In dem höllischen Geschrei waren die verzweifelten Schreie des Mannes nicht zu hören. Dann sah er, wie die ungestüme Blüte sich auflöste und zerfiel und die Möwen in freiem Flug zu den Klippen zurückkehrten. Unter ihnen, im Meer, war nichts mehr. Weder Mann noch Boot waren zu sehen, nicht einmal eine glatte Stelle oder ein Wirbel im Wasser.

Tou-Ema sah voll Abscheu und Entsetzen, wie sich die Möwen auf den Klippen niederließen, und auf ihrem Weiß erkannte er das Rot des Blutes.

Da erhob er mit einem Schrei seine Hände über den Kopf, weit geöffnet und zitternd, als wollten sie sich an den Himmel klammern, und alle Möwen flogen bei dieser gebieterischen Geste auf.

Als kein Vogel mehr auf den Klippen saß, ließ Tou-Ema, immer noch brüllend, seine Arme mit Gewalt niedersausen und seine Handflächen schlugen mit aller Kraft gegen den Felsen.

Da geschah ringsum, was an Schrecklichem noch geschehen konnte: Anstatt zu gleiten, stürzten alle Möwen in die Tiefe, auf die Klippen hinab. Sie fielen wie brüllender, schwerer Schnee, schmetterten gegen den spitzen Stein und blieben als blutige Fetzen reglos liegen oder prallten zurück.

Sehr, sehr viele starben. Diejenigen, die nicht umkamen, weil sie weniger wild herabgestürzt oder auf dem weichen Körper eines anderen Vogels gelandet waren, versuchten sich wieder aufzurichten. Viele hatten einen Flügel gebrochen, oder beide, oder ein Bein, und mühten sich jämmerlich ab. Die unversehrt geblieben waren, ein gutes Hundert vielleicht, glätteten sich in aller Ruhe mit den krummen Schnäbeln das zerzauste Gefieder.

Die blutigen Hände wieder an den Fels geklammert, weinte Tou-Ema bitter.

Fünfundzwanzigstes Kapitel

Der kleine Nuti-Atej, der am Strand nach Krebsen suchte, sah den triefenden Mann mit zerzaustem Haar langsamen Schrittes aus dem Wasser steigen.

Nuti-Atej war ein mutiger Junge und lief nicht davon; er wich nur ein paar Schritte im Sand zurück, um einen kleinen Vorsprung zu haben. Aber der Mann mit dem zerzausten Haar sah ihn nicht an; er schaute mit großen Augen auf das Dorf.

Als er am Ufer angelangt war, kniete er nieder, faltete die Hände im Schoß und legte sie dann auf die nackten Schenkel. Nuti-Atej sah, dass die Hände aufgeschürft und rot waren, und das steigerte seine nicht allzu große Angst ein wenig. Doch der Mann mit dem zerzausten Haar rührte sich nicht. Er blieb am Ufer sitzen und sah mit großen Augen auf das Dorf.

Da machte der Junge kehrt und lief zu den ersten Hütten, um die Nachricht zu verkünden.

Bald kam das Volk der Osterinsel herbei. Sie kamen in Gruppen und blieben in weiter Entfernung von dem Mann mit dem zerzausten Haar stehen, im Halbkreis entlang einer unsichtbaren Linie. Und je näher sie kamen, desto leiser wurden ihre Rufe und ihre Worte.

Der Mann sah sie mit großen Augen an.

Es kamen auch die Ältesten, sie überschritten die Linie, die das Volk zurückhielt, und näherten sich dem Mann mit dem zerzausten Haar auf zehn Schritte.

Noch jemand hatte die Linie überschritten, der nicht zu den Ältesten gehörte. Es war Kintea-Ni, die ebenfalls zehn Schritte von dem Mann entfernt niederkniete, schweigend ihr Haar löste und den Tipeue-Stängel herausnahm.

»Du bist Makemake«, sagte der greise Otuti. »Und du bist zurückgekehrt.«

Der Mann mit dem zerzausten Haar antwortete mit einer tiefen, vom langen Schweigen gebrochenen Stimme:

»Ich bin Tou-Ema. Und ich bin zurückgekehrt.«

»Du bist Tou-Ema und du bist zurückgekehrt. Kontuac ist nicht bei dir. Er ist zu dir gekommen, mit Asche bestreut und mit Geschenken beladen, um dich um Vergebung zu bitten. Du hast Rache genommen. So hast du es gewollt.«

»Kontuac ist nicht bei mir. Die Möwen haben ihn getötet, sie haben sein Boot versenkt und all seine Gaben.«

»Das war deine Rache, Tou-Ema, denn die Möwen sind deine Rache.«

»Die Möwen haben Kontuac getötet. Ich habe es nicht gewollt. Meine Rache war erloschen, aber die Möwen haben meinen Händen nicht gehorcht und Kontuac getötet. So habe ich viele Möwen in den Tod geschickt. Wenige sind auf Motu-Iti zurückgeblieben, aber sie gehorchen meinen Händen nicht.«

»Deine Rache ist tot, du hast es gesagt, Tou-Ema. Du wirst wieder unser Häuptling sein und die Möwen werden nicht wiederkommen und schreien und zuschlagen.«

»Vielleicht werden sie nicht wiederkommen, Otuti: Ich weiß es nicht. Die Möwen sind Krieger geworden. Ich habe sie gelenkt, aber dann habe ich viele von ihnen getötet. Diejenigen, die nicht gestorben sind, gehorchen meinen Händen nicht mehr, denn sie haben Blut gesehen.«

»Du bist Tou-Ema und kehrst zur Gerechtigkeit zurück. Geh ins Dorf und bleib bei uns. Die Vögel werden nicht wiederkommen.«

Tou-Ema erhob sich und ging zu Kintea-Ni. Er kniete neben ihr nieder.

»Viel Zeit ist vergangen, Kintea-Ni«, sagte er. »Und viel Traurigkeit.«

»Ich habe deine Seele gehalten, Tou-Ema«, sagte sie.

Man ließ sie allein am Strand und ihre Stimmen waren leiser als das Rauschen der Wellen.

In der Ferne, hinter den letzten Hütten des Dorfes, war das bittere Weinen der jungen Tepieti zu hören.

Sechsundzwanzigstes Kapitel

Nachdem Tou-Ema des Nachts geflüchtet und leise in Richtung Motu-Nui davongeschwommen war, herrschte auf Motu-Iti eine Zeit lang lähmende, quälende Verwirrung. Die Kadaver der Möwen, die an den Klippen zerschmettert oder mit gebrochenen Flügeln verhungert waren, verpesteten die Luft.

Federn und Fleisch befleckten die Insel wie Lepra.

Die überlebenden Vögel kreisten mit lang gezogenen Schreien über dem Leichenfeld. Manche überließen sich, aus unerfindlichen Gründen, dem Tod; andere wühlten mit dem Schnabel in den Überresten der Toten.

Die Tage vergingen und die Körper der Toten zerfielen in Sonne und Wind und wurden davongeweht. Die Federn trockneten und der Wind über dem Meer nahm sie mit. Der Geruch des Todes wurde schwächer und verschwand schließlich ganz.

Der Ozean mit seiner Kraft zu neuen Anfängen fegte und putzte, und Motu-Iti wurde wieder ein Felsen, auf dem Möwen lebten, nur nicht so dicht bevölkert wie zuvor.

Die Weibchen begannen wieder zu brüten und mit ihren wachsamen Köpfen nach allen Seiten zu schnellen.

In jene, die übrig geblieben waren, kehrte die Angriffslust zurück. Da war zwar nicht mehr Tou-Ema, der sie gegen die Insel schickte. Aber es gab auch niemanden, der ihrer Gewohnheit, dorthin zu fliegen, Einhalt geboten hätte. Die Überfälle auf die Osterinsel, jenem Land voll Samenkörner, frischem Fisch und süßer Beeren, waren Teil der Wünsche und Gewohnheiten im Leben der Möwen geworden. Und diejenigen, die das große Sterben überlebt hatten, nahmen sie wieder auf. Nicht mehr alle gemeinsam, sondern in kleinen Gruppen oder auch alleine, je nach Hunger und Kraft, flogen die Möwen ihre Angriffe gegen die Osterinsel. Die Überfälle waren weniger machtvoll und geordnet als zu den Zeiten, da Tou-Ema sie gelenkt hatte, sondern vereinzelt, blitzartig, zufällig.

Aber es waren doch gewaltsame Angriffe, denn der Gedanke an Nahrung und Belohnung hatte sich in den kleinen Köpfen mit dem der Zerstörung verbunden. So beschädigten sie die Hütten und Einfriedungen und griffen Vieh und Menschen an. Es war kein schreckliches Heer mehr, sondern versprengte Banden oder einzelne Räuber. Aber sie wurden immer schneller und zielsicherer in ihren Überfällen und immer geschickter bei der Flucht. Und die Geschicklichkeit und die Gewohnheit vererbten sich auf die neugeborenen Jungen. Kaum hatten sie genug Kraft, Motu-Iti zu verlassen, flogen sie zur Osterinsel und unternahmen die ersten Angriffsversuche. Es waren neue Möwen, die Tou-Emas Hände nie gesehen und auch das Sterben nicht erlebt hatten; aber von ihren Eltern lernten sie, wie ein unumstößliches Gesetz, über die Insel herzufallen, Schaden anzurichten, zu stehlen, zu rauben und Gewalt anzutun. Nicht einmal die Eltern erkannten Tou-Ema mehr, wenn er am Strand stand, mit den Armen schlug und vergeblich die Hände bewegte, um sie zurückzutreiben; und die Jungen stürzten sich, ohne zu zögern, auf ihn, so ungeschützt, wie er dastand.

Für sie unterschieden sich diese Hände, die da in der Luft herumfuchtelten, in nichts von denen der anderen Menschen, die wütend oder erschrocken zwischen den Hütten davonliefen oder sich schreiend mit kurzen, plumpen Stöcken verteidigten.

Siebenundzwanzigstes Kapitel

Tou-Ema legte die Insignien der Herrschaft zu Füßen der Ältesten nieder. Sein Haupt und seine Schultern waren nicht mit grauem Felsstaub bedeckt wie bei Kontuac, als der seinen Betrug eingestanden hatte, aber wie dieser hielt er den Kopf gesenkt.

»Ihr habt es gesehen, Väter«, sagte er. »Die Vögel sind zurückgekehrt. Vergeblich habe ich versucht sie aufzuhalten und sie übers Meer nach Motu-Iti zurückzuschicken. Die Vögel erkennen mich nicht mehr und meine Hände haben keine Macht mehr über sie. Sie fallen mich mit Schnäbeln und Krallen an. Ich vermag nichts mehr, ihr habt es gesehen.«

Die Ältesten schwiegen. Hinter Tou-Ema saß stumm Kintea-Ni und wartete. Dann sagte Otuti:

»Wir haben es gesehen, Tou-Ema. Die Vögel kommen wieder und fallen über uns her. Vergebens rufst du am Strand und befiehlst ihnen mit den Händen. Deine Rache ist deinen

Händen entglitten und wendet sich jetzt gegen dich.«

Da ergriff Pati-Etè das Wort:

»Du warst ein guter Häuptling, Tou-Ema. Du warst der ruhmreiche Sieger der Motu-Nui-Regatten und das Volk jubelte über deine Erfolge. Deine Herrschaft war weise und die Insel lebte in Frieden. Dann ersannen finstere Hände einen Betrug und setzten ihn in die Tat um. Du wurdest im Inneren deines Fleisches getroffen. Beinahe wärest du getötet worden. Du hast dich mit einer Macht gewehrt, die nicht die deine war; du hast Rache genommen. Aber deine Rache hat sich vervielfacht, hat schreiende Wurzeln in den Himmel geschlagen. Auf ewig verflucht seien die finsteren Hände, die Betrug und Leid über uns gebracht haben: Durch sie ist es mit unserem Frieden zu Ende!«

Tou-Ema sagte darauf, ohne den Kopf zu heben:

»Ich habe keine Heimat mehr, weder auf Motu-Iti noch in diesem Dorf. Ich werde zum Vulkan hinaufsteigen, wohin sich die Verrückten zurückziehen und diejenigen, die die Einsamkeit suchen. Ich werde mein Gesicht nicht mehr zeigen, weder euch noch den Kindern. Kein Kind des Dorfes wird mein Sohn sein. Ich werde eine große Trommel mitnehmen, und von der Spitze des Vulkans werde ich den Himmel über Motu-Iti beobachten, und wenn meine Augen die Möwen kommen sehen, und sei es nur eine einzige, werde ich die Trommel schlagen. So könnt ihr euch vorbereiten, eure Hütten verteidigen, die gesammelten Früchte, das Vieh. Das ist alles, was ich tun kann gegen den Fluch.«

Er stand auf und ohne ein weiteres Wort ging er davon.

Viele sahen zu Kintea-Ni, die sich geduldig die Haare flocht und mit einem Tipeue-Stängel zusammenband.

Otuti sagte zu ihr:

»Alle beweinen dein Schicksal, Tochter des Mato-Tua. Du warst einem edlen Häuptling versprochen und warst glücklich. Du lächeltest immer und in deinem Haar blühte die Freude; niemand streute die Samen des Neides hinein. Dann wurde alles finster und traurig für dich und du sangst deine Lieder von Tür zu Tür. Da kehrte dein Versprochener zurück und du sahst dich schon als Braut. Jetzt geht Tou-Ema hinauf zum Vulkan, so hat er es beschlossen, um die Trommel zu schlagen gegen unsere Angst und unsere Ohnmacht. Er will, dass ihn niemand mehr sieht.«

Kintea-Ni hatte ihr Haar fertig geflochten und schweigend zugehört. Dann sagte sie:

»Ich weine nicht, ehrwürdiger Greis. Ich binde mein Haar zusammen und denke mir neue Lieder aus. Ich habe jetzt nicht nur die Seele meines

Freundes bei mir, sondern ich habe auch seinen Körper berührt und weiß, dass er auf dem Berg ist und lebt. Ich werde tun, was die Brüder von Kele-Otuò lange Zeit getan haben, als dieser sich zu Zeiten unserer Väter auf den Vulkan zurückgezogen hatte. Ich werde meinem Freund jeden Tag Wasser und Nahrung bringen, aber ich werde nicht warten, bis er sie holt: Ich werde das Essen am Waldrand stehen lassen und zurückgehen, ohne aus der Ferne seine Einsamkeit zu belauschen, denn eine belauschte Einsamkeit ist eine gestörte Einsamkeit. Aber jedes Mal, wenn man die Trommel hört, Otuti, gütiger Vater, werde ich zugleich Angst und Freude verspüren: Angst, weil es das Zeichen für einen der verfluchten Überfälle sein wird, und Freude, weil es seine Hände sein werden, die die gespannte Haut schlagen. Und ich werde laufen und mich in Sicherheit bringen, voll Schrecken und Glück zugleich, weil ich jedes Mal aufs Neue wissen werde, dass mein Freund dort oben lebt und sein Versprechen hält so wie ich das meine.«

Kintea-Ni schwieg und sah auf das Meer. Die Ältesten erhoben sich still, und auch die anderen gingen davon, ohne viel zu reden, in Gedanken an die Frau und ihre seltsame Ruhe.

Achtundzwanzigstes Kapitel

Es war eine harte Zeit für die Osterinsel. Eine Zeit des Wartens und der stets enttäuschten Hoffnung. Die Möwen kamen, stürzten nieder, schlugen zu. Tou-Emas Trommel war so genau, dass die Menschen den Blick gar nicht mehr zum Himmel erhoben. Der Alarm kam nicht mehr über die Augen, sondern über die Ohren. Und wenn an stürmischen Tagen, an denen die Möwen nicht flogen, die Trommel schwieg, dann sah manch einer nicht nach dem Himmel über Motu-Iti, sondern zum Vulkan hinauf, als suchten die Augen dort nach einem Zeichen, das den Ohren entgangen war.

Was die Überfälle betraf, so lernten die Menschen, so wie man sich vor jedem Übel zu verteidigen lernt, den schlimmsten Schaden zu verhindern. Durch die Trommel gewarnt, konnten sie rechtzeitig unter robusten Holzhütten Schutz suchen, wo sie vor den Schnäbeln und Klauen sicher waren. Die Früchte und der Fisch wurden in großen Behältern gelagert, die man jedes Mal in Sicherheit brachte.

Die Gier und die Wut der Möwen entlud sich dort, wo sie konnte: auf die Dächer der Hütten, die kleinen Herden, die Bäume. Und obwohl es gelang, die größte Gefahr abzuwehren, hörte die Mühsal damit nicht auf, denn schon dass man Schutz suchen und die Vorräte in Sicherheit bringen musste, war ein Fluch ohne Ende. Man mochte sich damit abfinden, aber an ein Leben in Ruhe und Heiterkeit war nicht zu denken.

Niemand hatte auch nur einen Moment an eine Lösung von größerem Ausmaß gedacht, zum Beispiel, die Insel zu verlassen. Wohin hätte man gehen sollen? Die Osterinsel liegt so verlassen inmitten des Ozeans wie eine winzige Brotkrume, die dem verloren gegangen ist, der einst die Kontinente knetete ... Und auch wenn es stimmt, dass vor Hunderten und Aberhunderten von Jahren die Vorfahren der Inselbewohner auf Kanus aus dem fernen Polynesien gekommen waren, so hatte sich doch der Ozean inzwischen vollkommen um die Menschen der Osterinsel geschlossen: Ihr Blick reichte nicht einmal mehr bis zum Horizont.

Auch an eine andere Lösung hatten sie nicht gedacht: nach Motu-Iti zu fahren und die Möwen zu bekämpfen. Vielleicht weil die Bewohner der Osterinsel sich ungern zu weit aus den seichten Gewässern hinauswagten, vielleicht weil das Unternehmen zu riskant schien – womöglich hätten sich die vertriebenen Vögel dann auf der Insel selbst eine dauerhafte Bleibe gesucht, mit unvorhersehbaren Folgen. Vielleicht aber und das ist am wahrscheinlichsten, weil man in den Möwen die Strafe dämonischer Mächte sah, der man sich nicht entziehen konnte und durfte.

Die Insel lebte unter dieser Last und nahm sie hin wie ein Unheil, das niemand abwenden kann, so wie sich die Menschen in Afrika und Asien mit der Nähe der wilden Tiere, der Schlangen, mit der Trockenheit und dem Wüten der Taifune abfinden.

Viele, die der Alarm einmal fern der Schutzhütten überrascht hatte, trugen die Male der Schnabelhiebe, Narben und Kerben; andere trugen als düstere Schmuckstücke Federn um den Hals, die die Möwen während eines Überfalls verloren hatten oder die man ihnen ausreißen konnte. In den Hütten tauchten neben anderen magischen Figuren auch Holzfiguren von Möwen und Amulette auf, die Gebinde aus Möwenfedern waren. In der Gemeinschaftshütte saß eine plump ausgestopfte Möwe mit ausgebreiteten Flügeln und vorgerecktem Hals auf einem Podest, um die Kinder zu erschrecken, die von der Schwelle aus einen Blick ins Innere wagten.

Neunundzwanzigstes Kapitel

Die kleine Giunakati, Kintea-Nis Lieblingsnichte, war vier Jahre alt geworden. Sie konnte schon die Lieder nachsingen, die Kintea-Ni ihr beibrachte, und ging mit ihr Obst und Blumen sammeln. Wenn die Frau Matten flocht, war die Kleine stets in ihrer Nähe. Nur für sie löste Kintea-Ni ihr Haar, und Giunakati kämmte es lange mit einem Kamm aus Holz, während die Frau mit geschlossenen Augen ihre Lieder summte.

Sie machten einander oft Geschenke. Die Kleine sammelte Muscheln am Strand, bohrte mit einem zugespitzten Stein ein Loch hinein und band sie zu klingenden Ketten zusammen. Kintea-Ni trug die Ketten ein paar Tage, dann tat sie, als hätte sie sie vergessen, so dass Giunakati neue Muscheln sammeln und neue Ketten machen konnte.

»Warum sind die Möwen böse?«, fragte die Kleine oft.

»Die Möwen sind nicht böse, Giunakati. Sie wissen nicht, was gut und böse ist.«

»Warum fallen sie über die Hütten und die Menschen her? Warum bleiben sie nicht am Himmel?«

»Weil sie ein Gift getrunken haben, kleine Giunakati, und dieses Gift haben sie noch immer im Mund und sie wollen es sich an der Erde und dem Stroh und an den Haaren der Menschen abwischen.«

Auch Kintea-Ni machte dem Mädchen Geschenke. Sie bastelte kleine, grüne Puppen für sie, indem sie die geschmeidigen Chuteiote-Blätter mit Stroh auspolsterte. Die Puppen hielten ein oder zwei Wochen und bekamen Namen. Dann verdorrten die Chuteiote-Blätter, wurden brüchig, und das Stroh sickerte aus den Falten wie geronnenes Blut. Dann ging Giunakati zu Kintea-Ni und sagte:

»Kintea-Ni, die kleine Otutopi ist gestorben.«

»Hatte sie einen schönen Tod, kleine Giunakati?«

»Ja, Kintea-Ni. Sie hatte nur ein kleines Loch im Bauch.«

»Und wie war Otutopis Leben, kleine Giunakati?«

»Schön, Kintea-Ni. Sie hat viel gelacht, sie ist oft fröhlich gewesen, und die Möwen haben sie nie verletzt.«

»Wirklich schön war das Leben Otutopis«, sagte Kintea-Ni. »Vielleicht wird morgen eine neue Puppe geboren, für dich.«

Am nächsten Tag hielt Giunakati eine neue grüne Puppe in Händen.

»Wie soll diese heißen?«, fragte Kintea-Ni.

»Ich habe mich noch nicht entschieden. Ich muss sie noch ein wenig halten und ansehen, dann werde ich ihr einen Namen geben.«

Die Kleine lief zum Strand, denn sie wusste, dass den Chuteiote-Puppen das Meerwasser gut tat, und die neue Puppe sollte sich bestens umsorgt fühlen.

»Wohin gehst du jeden Tag, Kintea-Ni?«, fragte die Kleine manchmal. »Wenn du mit dem Essen zum Vulkan hinaufgehst, wohin gehst du da?«

»Ich bringe das Essen einem Freund, der dort oben lebt.«

»Wie heißt dein Freund?«

»Er heißt Tou-Ema.«

»Warum wohnt er auf dem Vulkan?«

»Weil er sehr traurig ist. Die Traurigkeit ist immer um ihn, deshalb kann er den Menschen nicht nahe kommen.«

»Und was macht er den ganzen Tag auf dem Vulkan?«

»Er schlägt die Trommel. Hast du es noch nie gehört, wenn die Trommel schlägt?«

»Da ist wirklich jemand, der die Trommel schlägt? Ich dachte immer, der Trommelschlag selbst lebt auf dem Berg.«

»Mein Freund Tou-Ema schlägt die Trommel. Er schlägt sie, um das Kommen der Möwen anzukündigen.«

»Warum sind die Möwen böse, Kintea-Ni?«

»Die Möwen sind nicht böse, Giunakati. Sie kennen gut und böse nicht ...«

Dreißigstes Kapitel

Eines Tages kehrte Kintea-Ni wieder von den Hängen des Vulkans ins Dorf zurück. Sie hatte Speise und Trank an den üblichen Ort gestellt, genau unter den großen, roten Stein, hinter den letzten Bäumen. Wie immer war sie nicht stehen geblieben, um nach Tou-Ema Ausschau zu halten, und sie hatte sich auch nicht versteckt, um ihn zu sehen, falls er gekommen wäre. Manchmal fand Kintea-Ni das Essen, das sie tags zuvor hinaufgebracht hatte, unberührt vor oder von kleinen Vulkanameisen übersät. Es war, als vergäße Tou-Ema zuweilen es zu holen. Aber Kintea-Ni brachte ihm jeden Tag frischen Fisch, Obst und Brot, das sie selbst geknetet hatte.

Gleich unter dem roten Felsen begann der Wald der Totua-Bäume. Sie hatten einen dicken, kurzen Stamm, von dem sich zu jeder Jahreszeit die brüchige, braune Rinde in großen, gewölbten Schuppen mit rissiger Oberfläche löste. Kintea-Ni verwendete sie für gewöhnlich, um kleine

Püppchen, Schafe oder Haifische daraus zu schnitzen. Oder zum Anfachen des Feuers war die Totua-Rinde von Nutzen, auch wenn sie schnell verbrannte …

An jenem Tag wollte Kintea-Ni kein Holz sammeln. Es gab kein Feuer zu entfachen und keine Tierfiguren zu schnitzen. Plötzlich hielt sie jedoch im Gehen inne und beugte sich vor, um etwas genauer zu betrachten.

Auf dem Boden, neben dem Stamm eines Totua-Baumes, lag, halb erhöht, eine große Rindenschuppe. Im Licht der Abendsonne sah sie aus wie ein Gesicht. Ein höckriger Vorsprung in der Mitte warf einen Schatten wie eine Nase; darüber wölbte sich das beige Holz zu einer Rundung, die wie eine riesige Augenbraue aussah. Sonst gab es keine Ähnlichkeit mit einem Gesicht. Aber Kintea-Ni war schon stehen geblieben und hatte die Rinde aufgehoben, sie strich mit den Fingern darüber, bog sie in verschiedene Richtungen und spielte mit den Schatten auf ihrer Oberfläche.

Beim nächsten Vollmond sollte auf der Insel das Fest der Kinder stattfinden. Einen Tag lang waren dann die Kinder wie Könige; sie erhielten Geschenke, die Erwachsenen grüßten sie ehrerbietig und befolgten ihre scherzhaften Befehle. Kintea-Ni dachte, eine Maske wäre ein schönes Geschenk für Giunakati. Sie müsste nur die Rinde ein wenig bearbeiten und den fehlenden Schwung der Augenbraue dazusetzen. Und mit einer Klinge oder mit Feuer würde sie einen Mund schneiden ... Ganz in Gedanken an ihren Plan trat sie aus dem Totua-Wald. Tou-Emas Trommelschläge hatte sie nicht gehört. Sie stieg die unbewachsene Böschung hinunter, die fast bis zu den ersten Hütten reichte. Immer wieder fuhr sie mit den Fingern über die Rinde und betrachtete vergnügt die große Holznase, an der sie nichts ändern würde, und so bemerkte sie nicht, dass sich in aller Stille Dutzende von Möwen am Himmel näherten, die Küstenlinie überflogen, das alarmierte Dorf hinter sich ließen und geradewegs auf die Gestalt zusteuerten, die ungeschützt dahinlief und ein leichtes Ziel war.

Erst im allerletzten Moment, als sie das drohende Geschrei hörte, blickte Kintea-Ni auf und sah, wie das Geflatter weißer Flügel vom Himmel herab auf sie niederstürzte. Entsetzt sah sie sich um, wohl wissend, dass es im Umkreis von hundert Schritten keine Zuflucht gab. Nicht einmal ein Felsvorsprung, an den sie sich hätte drücken können, um wenigstens einen Teil ihres Körpers vor dem Angriff der Vögel zu schützen. Sie spürte einen Luftzug und dann einen Kratzer an der Schulter, während die weichen Federn einer Möwe ihren Hals streiften.

Kintea-Ni schrie auf, riss die Arme hoch und hielt die Rinde über den Kopf, um sich zu schützen. Da ertönte ein Schrei, lauter als ihrer, ein ohrenbetäubender Lärm.

Zusammengekauert wartete die Frau mit ihrem dünnen Schild über dem Kopf auf den Schmerz von Schnäbeln und Krallen in ihrem Fleisch, den kalten Hauch der Flügel auf der Haut. Aber es kam kein Schmerz, nur das schreckliche Geschrei hielt an, wurde leiser und verlor sich schließlich.

Kintea-Ni hob den Kopf und sah sich um. In einiger Entfernung wirbelten die Möwen wild durcheinander, als rasten sie eine unsichtbare, gewundene Bahn entlang, kreischten und überschlugen sich im Flug.

Nie zuvor hatten sie sich so verhalten.

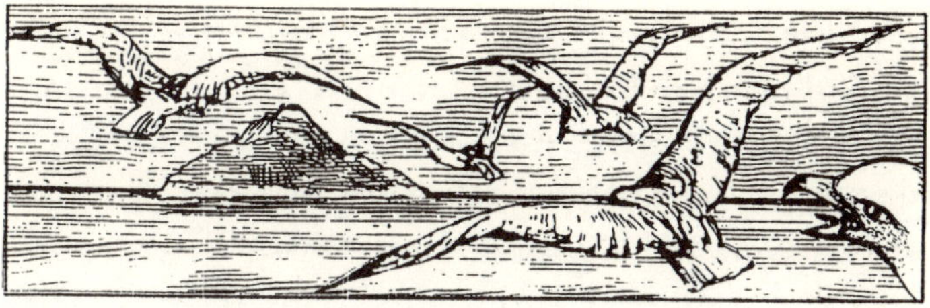

Einunddreißigstes Kapitel

Kintea-Ni arbeitete an der Maske und dachte nach. Mit einer kurzen Klinge grub sie die fehlende Augenhöhlung in die Rinde, vergrößerte die Öffnungen der großen Nase ein wenig, schnitzte einen schmalen Mund und dachte nach. Den Mund ließ sie weder traurig aussehen noch lächeln, denn sie dachte, dass eine Maske nicht weinen und nicht lachen, sondern aufmerksam auf die Geräusche der Welt lauschen sollte. Dann bemalte sie sie in kräftigem Rot, mit dem Saft der kleinen bitteren Cuimi-Beeren, die im Frühling die Büsche färbten. Und sie dachte nach.

Die Maske wurde schön, leuchtend rot, und Kintea-Ni dachte daran, ihr später noch echtes Haar auf die Stirn zu kleben. Darüber und über anderes dachte sie nach.

Als bei Sonnenuntergang die Trommel vom Vulkan herab schlug, lief Kintea-Ni in ihre Hütte, aber nicht, um sich in Sicherheit zu bringen. Sie holte Obst und die rote Maske, und während die anderen sich um ihre Dinge kümmerten, ging sie zwischen den Hütten spazieren. Auf der ausgestreckten Handfläche hielt sie zwei große, süße Cuimi-Beeren, die gerade so reif waren, dass ihre Farbe vom leuchtenden Rot in Braun überging. Mit der anderen Hand hielt sie die Maske vor die Brust. So ging sie dahin.

Die Möwen kamen schnell näher. Es war ein Schwarm von etwa zwei Dutzend. In letzter Zeit waren sie in größeren Gruppen aufgetaucht. Sie hatten heftiger zugeschlagen und die Verteidigung der Inselbewohner in Schwierigkeiten gebracht. Vielleicht waren die Möwen von Motu-Iti einfach zahlreicher geworden und das Heer der Feinde war gewachsen.

Der Schwarm stob kreischend über die Hütten. Sie fielen über die von Pitetuja her, durchlöcherten das Dach von Kueketi und wüteten gegen die leere und verlassene Hütte von Kontuac. Kintea-Nis Vater raubten sie Früchte und Fisch und Tutai-Tai verschreckten sie die Ferkel, die sie durch das ganze Dorf jagten. Eines der Ferkel starb unter Schnabelhieben oder vor Schreck und blieb blutüberströmt vor Uwiteuas Hütte liegen. Aber keine der Möwen griff Kintea-Ni an, die völlig schutzlos mit den weithin duftenden Cuimi-Beeren in der Hand und wehendem Kleid herumspazierte. Im Gegenteil, wo immer sie ging, bildete sich um sie herum eine Art Schutzraum, ein Kreis, in den die Möwen nicht eindrangen: An seinem unsichtbaren Rand bremsten sie kreischend ab, flatterten mit den Flügeln, wirbelten herum und machten schließlich kehrt.

Als der Angriff vorüber war und die Menschen wieder aus ihren Hütten kamen und sich gleichmütig daranmachten, den Schaden wie immer zu beheben und aufzuräumen, aß Kintea-Ni die Früchte, die sie in der Hand hielt, und ging zum Strand, um nachzudenken. In der linken Hand hielt sie noch immer die Maske vor der Brust und fuhr ihre Linien nach, wie man es mit dem Gesicht eines geliebten Menschen tut. Dann warf sie die bitteren Kerne der Cuimi ins Meer und ging zur Gemeinschaftshütte, wo die Ältesten saßen und schweigend geronnene Ziegenmilch tranken.

Kintea-Ni grüßte und begann zu sprechen. Als sie geendet hatte, sahen die Ältesten sie schweigend an und blinzelten im letzten Sonnenlicht.

»Du sagst Außerordentliches«, sagte Otuti, der nunmehr sehr alt geworden war und bald sterben würde. »Und wir wissen nicht, ob wir deinen Worten Glauben schenken oder sie wie deine Lieder betrachten sollen, die du zur Zeit deines Unglücks gesungen hast; doch auch bei ihnen hat sich gezeigt, dass es keine Lieder des Wahns waren.«

Kintea-Ni schwieg und strich liebevoll über die rote Maske.

»Was du sagst, lässt sich überprüfen«, sagte Tutuati. »Und wenn es nur ein Märchen ist, wird es sich im Wind verlieren, und die Ohren werden sich nicht erinnern es jemals gehört zu haben.«

»Ja«, sagte Otuti. »Wenn die Möwen das nächste Mal kommen, werden wir es sehen. Wir werden die Masken, die hier hängen, an einige junge Männer verteilen und sehen, was passiert.«

Kintea-Ni erhob sich und grüßte die Ältesten. Sie dachte, dass sie für Giunakati eine neue Maske basteln würde, aus einem kleineren, feineren Rindenstück. Eine Mädchen-Maske. Die große, rote, die sie jetzt in Händen hielt, wollte sie Tou-Ema schenken, ihrem Freund, der einsam auf den Hängen des Vulkans lebte.

Zweiunddreißigstes Kapitel

Dank Kintea-Ni entdeckten die Menschen der Osterinsel, dass man sich vor den Möwen schützen konnte. Man machte viele Versuche, und immer zeigte sich, dass die Möwen beim Anblick der Masken entsetzt die Flucht ergriffen.

Niemand fragte nach dem Grund: So groß und unausweichlich früher das Unglück gewesen war, so unanfechtbar und unumstritten war jetzt die Entdeckung.

Was uns betrifft, die wir neugieriger sind als die friedlichen Inselbewohner, so können auch wir nicht viel mehr über dieses Geheimnis in Erfahrung bringen. Wenn wir manches näher betrachten, können wir einige Vermutungen anstellen. Es zeigte sich nämlich, dass der Schrecken der Vögel nicht von dem Furcht erregenden Aussehen der Masken oder ihren schreienden Farben herrührte. Denn auch beim Anblick von freundlichen oder lächelnden Masken ergriffen die Möwen die Flucht: Und in jedem Fall mussten sie dazu nicht einmal allzu nahe herankommen. Es genügte, dass die Menschen sie in die Höhe hielten, wenn sie sie kommen sahen, die Vögel wichen zurück, und der heitere Himmel füllte sich mit Geschrei.

Es waren also die Masken selbst, gleich welcher Form, die sie erschreckten. Und vielleicht kommt man der Wahrheit recht nahe, wenn man den Grund für den Schrecken, den sie verbreiteten, ganz einfach in ihrer Unbewegtheit sucht.

Die Möwen kannten das Antlitz der Menschen als etwas Bewegliches, Veränderliches, das nie zur Ruhe kommt: das Lebendigste in der ganzen Natur. Ihr scharfes Auge, das am Kräuseln der Wellen die geringste Drehung des Windes ablesen konnte, nahm selbst im Gesicht eines schlafenden Menschen eine Fülle von Bewegungen und Veränderungen wahr, in denen sich Freude oder Leid spiegelten. Das Holz der Masken, die Menschen darstellten, barg jedoch keinerlei Veränderungen: Es blieb völlig reglos in einem Ausdruck erstarrt; vielleicht rührte von daher der Schrecken.

Wie dem auch sei, die Menschen der Osterinsel stellten keine Fragen. Sie hatten die Macht der Masken entdeckt und machten von ihr Gebrauch. Es wurden immer mehr. Bald besaß jeder eine, Erwachsene wie Kinder. Die Masken waren aus Holz, aus Rinde, sogar aus Blättern: einfache oder kunstvolle, mit Stroh oder Federn geschmückte oder ganz ohne Schmuck; groß wie wirkliche Gesichter oder dreimal größer: Es gab keinen Inselbewohner, der keine gehabt hätte.

Anfangs bewahrten sie sie in den Hütten auf, immer in Reichweite, um sie zur Hand zu haben, wenn der Trommelschlag vom Vulkan ertönte. Später kam jemand auf die Idee, sie um die Hüfte zu hängen oder um den Hals wie ein riesiges Medaillon: Und da man sie auf diese Weise sofort zur Hand hatte, wenn man sie brauchte, wurde daraus eine Gewohnheit. Es war, als hätte jeder Bewohner der Insel zwei Gesichter: eines oben, aus Fleisch und Blut, das bewegliche, und eines unten, aus Rinde, das starre.

Auch die Kinder trugen kleine lächelnde Masken wie Geschenke um den Hals und spielten mit ihnen, hielten sie vors Gesicht und schauten durch die Augenhöhlen, machten huuh! und streckten die Zunge durch die Öffnung des Mundes. Die Größeren veranstalteten Tänze und gespielte Kämpfe mit den Masken im Gesicht, und zum Zeichen der Freundschaft oder Liebe tauschten sie sie als Geschenke.

Niemand auf der Osterinsel wurde mehr von den Möwen angegriffen: Und es genügte, dass die Bewohner beim Schlag von Tou-Emas Trommel mit ihren Masken zu den Ferkeln, den aufgereihten Fischen und den Früchten liefen, um die Habe der Menschen in Sicherheit zu bringen.

Die Wut der Vögel, die sich durch ihr Entsetzen noch gesteigert hatte, entlud sich wie eine wilde Furie, wo immer sie konnte: auf die Bäume, die verlassenen Hütten, das Erdreich. Die Menschen aber waren durch die Masken geschützt. Die Fischer wagten sich wieder weiter aufs Meer hinaus, und um ihre Arbeit nicht unterbrechen zu müssen, befestigten sie sich die Blättermasken im Gesicht.

Wäre jemand zur Osterinsel gekommen, so hätte es keiner Möwe bedurft, um ihm schon beim Anblick der Maskenträger, die gebückt in ihren Kanus paddelten, einen Schrecken einzujagen. Aber niemand kam zu der Insel, die sich im Ozean verlor wie der Blick eines Blinden am Horizont.

Dreiunddreißigstes Kapitel

In seiner Einsamkeit wusste Tou-Ema nichts von all dem, was im Dorf vor sich ging. Mit dem raschen, scharfen Blick, den er sich auf Motu-Iti zu eigen gemacht hatte, beobachtete er den Himmel, um die Angriffe der Möwen vorauszusehen. Sobald er sie entdeckte, schlug er die Trommel, desto stärker und länger, je zahlreicher die Vögel waren. Manchmal, wenn er an den Sträuchern des Vulkans nicht genügend Früchte fand, stieg er zu dem großen Stein hinunter, wo, wie er wusste, jemand Essen für ihn hinstellte. Er ging immer gegen Abend, bei Einbruch der Dämmerung, wenn keine Angriffe mehr von den Möwen zu erwarten waren: Dann nahm er sich das Essen oder das, was die Tiere des Vulkans davon übrig gelassen hatten, mit hinauf auf den Berg.

Wenn ihn in aller Frühe die Strahlen der Sonne weckten, machte er sich manchmal auf, um das Dorf zu beobachten. Dann sah er, wie sich die kleinen Figuren zwischen den Hütten bewegten und die winzigen Kanus sich ein Stück weit von der Küste entfernten. Während der Angriffe der Möwen sah er nie zum Dorf hinunter. Wenn er Alarm gegeben hatte, blieb er mit geschlossenen Augen sitzen, ruhte sich aus und hörte nichts außer dem Wind, der ruhelos um die Spitze des Vulkans pfiff.

An einem solchen Morgen bemerkte Tou-Ema, als er gerade die Stelle, von der aus er das Dorf betrachtet hatte, wieder verlassen wollte, zwischen den Hütten, die den Hängen des Vulkans am nächsten lagen, eine ungewohnte Bewegung.

Er schirmte seine Augen gegen die Sonne ab und wartete. Da sah er einen Menschenzug, der sich vom Dorf auf den Berg zu bewegte. Die ganze Prozession wurde von Hunden begleitet, die unruhig um die Menschen herumliefen, vor und zurück, wie vereinzelte Gewissensbisse.

Voll banger Erwartung suchte sich Tou-Ema eine Stelle, von der aus er besser sehen konnte.

Der lange Zug bewegte sich träge vorwärts. Es waren viele: vielleicht die gesamte Bevölkerung des Dorfs. Etwas war seltsam an den Gestalten, aber auf die Entfernung konnte er noch nicht erkennen, was es war.

Tou-Ema blickte zum Himmel im Süden. Als spräche er mit jemandem neben ihm, sagte er leise:

»Wenn die Möwen kommen, werden sie sie angreifen. Wie unvorsichtig sie sind.«

Aber kein Vogel war in Sicht. Keine weiße Gefahr drohte über der grünen Weite des Ozeans.

Der lange Menschenzug war ein Stück näher gekommen. Tou-Ema sah, dass auch Kinder dabei waren, und er erkannte den kurzen, raschen Schritt der Frauen.

»Sie kommen herauf«, sagte er zu sich. »Sie kommen hierher.«

Er schwieg und wartete. Allmählich bemerkte er, dass die Gesichter der Menschen, die da hinaufstiegen, eine seltsame Farbe hatten: braune, rote, gelbliche Töne. Auch die Gesichter der Kinder waren mit Farben bemalt. Dann hörte er, dass die Menschen sangen. Und langsam konnte er auf den Gesichtern der Menschen die Masken erkennen.

Da sagte er:

»Sie kommen mich holen. Sie tragen Masken vor dem Gesicht wie bei einer Begräbnisfeier. Sie haben beschlossen mich zu töten, um den Fluch zu vertreiben. Sie wollen ein Opfer darbringen, damit der Geist der Möwen zur Ruhe kommt und die Insel nicht länger quält. Mein Blut wird ihre Rache stillen.«

Von unten klang ein seltsames Lied herauf. Die langsam emporsteigenden Menschen sangen eine gleichförmige Melodie.

Tou-Ema sah wieder nach Süden: Keine Möwe war in Sicht.

Heute ist meine Aufgabe eine andere, dachte er.

Schnell ging er zu einer Quelle, die einem schwärzlichen Felsen entsprang. Er entkleidete sich vollständig. Viele Male füllte er seine Hände mit Wasser, wusch seinen Körper und befreite ihn von Staub und Schweiß. Dann wusch er sich die Haare, die in der Sonne und im Wind des Vulkans rasch trockneten. Er flocht sie zu einem einzigen Zopf und umwand ihn mit starken Grashalmen.

So gereinigt und gerüstet stieg er ein Stück die Böschung hinunter, den hinaufziehenden Menschen entgegen. Ihre Stimmen waren nun schon sehr nahe. Da blieb er stehen, hielt seine Arme leicht neben den Hüften ausgestreckt, die Handflächen nach vorne geöffnet, und erwartete sie.

So sahen ihn die Menschen, als sie hinter den rötlichen Felsbrocken hervortraten. Die Ältesten schritten auf ihn zu und nahmen die Masken von den Gesichtern.

»Wir grüßen dich, Tou-Ema«, sagte Tutuati. »Und bringen dir Frieden und Heil. Wir bitten dich ins Dorf zurückzukehren und wieder unser Häuptling zu sein. Wir brauchen die Trommel nicht mehr.«

Nach Tutuati wiederholte jeder der Ältesten dieselben Worte. Tou-Emas Staunen verwandelte sich in Freude, denn was die Ältesten sagen und was ihre weisen Lippen wiederholen, ist wahr.

Vierunddreißigstes Kapitel

Tou-Ema setzte die Hütte wieder in Stand, die Kintea-Ni während seiner Zeit auf dem Vulkan sauber gehalten hatte; er nahm die Frau zu sich und löste ihr ein letztes Mal den Tipeue-Knoten.

Kintea-Ni schenkte ihm die rote Maske, an der sie riesige gelbe und orange Federbüsche befestigt hatte.

Bald wölbte sich ihr Bauch und sie lächelte auf der Schwelle ihrer Hütte und hielt die Hände über dem runden Leib.

Die Möwen kamen, überfielen, was sie konnten, und flogen wieder davon. Sie waren nur noch ein kleines Übel, aber sie verschwanden nie ganz. Die Körper der Menschen waren in Sicherheit, aber die Dinge waren noch immer in Gefahr, und der wilde Schrei der Vögel verfolgte sie im Schlaf. In den Hütten war der Kult der wilden Vögel noch lebendig.

Tou-Ema verfügte, dass jeden Tag ein Jüngling mit einer Trommel zum Vulkan hinaufsteigen sollte und das tun, was er zur Warnung getan hatte.

Und wieder verging Zeit: die Zeit der Insel, des Vulkans, des riesigen, stillen Ozeans, der sich nie gleich ist. An den Gartenzäunen ließ Tou-Ema Pfähle mit Masken an der Spitze aufstellen, die aussahen wie unbekannte Pflanzen, und ebenso auf den Dächern der Hütten und in der Mitte der kleinen Einfriedungen.

Die Frauen der Insel erwarben sich im Lauf der Zeit, außer im Mattenflechten, eine große Geschicklichkeit auch im Herstellen von Masken aller Art. Und so wurde das ganze Dorf ein Dorf der Masken, und die Vögel hielten sich fern, als läge es unter einer riesigen, unsichtbaren Kuppel aus Glas.

Keitutai wurde geboren, die Tochter von Kintea-Ni und Tou-Ema. Sie war winzig klein und sehr lebhaft und klammerte sich lachend an die Finger des Vaters oder des Großvaters mütterlicherseits und ließ sie nicht mehr los.

Giunakati, die schon groß war, half nun Kintea-Ni nach dem Mädchen zu sehen, sang ihr Lieder vor, die sie selbst als Kind gehört hatte, und erfand neue dazu.

So sang Giunakati für die kleine Keitutai:

Die Insel ist die Blume des Meeres,
eine Blume aus Felsen und Bäumen,

aber wer ist die Blume der Insel,
die Blume aus Fleisch und Haar?
Die Sonne ist die Blume des Himmels,
eine Blume aus Feuer und Licht,
aber wer ist die Blume der Luft,
eine Blume mit winzigen Händen?

Tou-Ema ging oft zum Ozean und dachte nach. Er schaute nach Motu-Nui hinüber und mit den Augen der Erinnerung betrachtete er Motu-Iti. Und beide sah er sie als kleine, verlorene Felsen in der weiten Stille des Meeres. Wenn vom Vulkan die Trommel schlug, sah er reglos zu, wie die Möwen von Unruhe getrieben näher kamen. Im Schutz der Masken des Dorfes trug er die eigene nicht. Mit ruhigem Blick beobachtete er die Attacken der Möwen gegen die Erde und ihre verzweifelte, schrille Wut. Und dachte nach.

Eines Tages rief er die Ältesten zu einer Versammlung in die Gemeinschaftshütte.

Dort sprach er:

»Wir können etwas tun, damit die Vögel von Motu-Iti unsere Insel nicht mehr überfallen. Wir können ihre Rache fern halten, so wie das Toben des Meeres im seichten Wasser abflaut, so dass an den Strand nur seine Stimme dringt.«

»Wir hören dir zu, Häuptling Tou-Ema«, sagten die Ältesten.

Nachdem Tou-Ema gesprochen hatte, berieten

die Ältesten lange über seinen Plan, schlugen Änderungen vor und entschieden über Ort, Vorgehen und Personen. Als die Entscheidung getroffen war, machte sich das Dorf an die Arbeit. Die Männer schlugen riesige Steinblöcke aus den Felsen, schafften sie mit Walzen und Seilen an die Südküste und stellten sie in regelmäßigen Abständen an der Böschung auf, die zum Meer hinabstürzt: hohe, düstere, reglose Felsblöcke.

Dann kamen die Frauen und behauten die großen Steine und machten ihnen Gesichter. Keine lächelnden, keine schrecklichen und keine traurigen: Sie meißelten ihnen ein friedliches Gesicht wie das von Tou-Ema, wenn er den Ozean betrachtete und nachdachte.

Wie lange dauerte die große Arbeit?

Sie dauerte die Zeit des Steins, die Zeit der Meißel. Gewiss nicht so lang, wie man im alten Ägypten gebraucht hatte, um die Pyramiden zu bauen; nicht so lang, wie es im Mittelalter gedauert hatte, bis die Kathedralen gewachsen waren. Aber eine Zeit lang dauerte es doch, und es war nicht die Sache eines Tages oder einer Woche. Auch nicht eines Jahres.

Fünfunddreißigstes Kapitel

Seit jener Zeit stehen an der Küste der Osterinsel die großen Masken aus Stein, die auf den Ozean hinaussehen. Und schon bevor sie fertig waren, bevor die Menschen sie dem Wind und dem Salz des Meeres überließen, hörten die Möwen auf die Insel zu überfallen. Sie kamen unter Geflatter und Geschrei von Motu-Iti herüber, aber schon aus der Ferne erkannten sie die Masken, und als würde die Luft mit einem Mal dichter, stechender und feuriger, wirbelten sie herum, schwenkten ab, machten kehrt und flogen zurück. Es war, als wäre die unsichtbare Kuppel aus Glas größer geworden und hätte sich über die ganze Insel gelegt, über die Strände und noch einen Teil des Meeres ringsum.

Und das währte so lange wie das Leben von ein oder zwei Generationen von Vögeln. Dann verlor sich im Gedächtnis der Möwen der Geschmack der Erde und der geraubten Früchte, und die Erinnerung an die Schreckensrufe der Menschen verblasste, auch den jungen Möwen verging die Lust auf Raubzüge. Immer weniger Vögel kamen von Motu-Iti, um gegen die unsichtbare Wand zu stoßen, die die Insel schützte. Bis sie ganz aufhörten und die riesigen steinernen Masken in noch größerer Stille als zuvor auf den Ozean hinaussahen.

Das Leben auf der Osterinsel wurde wieder so wie früher, wenn auf der Welt irgendetwas wieder so werden kann wie früher, und die Zeit kreiste weiter um die Insel, wie eine Strömung des Ozeans, und brachte Samen und Früchte, Geburt und Tod und wieder Geburt.

Sechsunddreißigstes Kapitel

Ich habe erzählt, was niemand wusste. Jetzt kennen alle, die es gelesen haben, die Herkunft und die Geschichte der großen Figuren auf der Osterinsel und die jener unseligen Schriftzüge und Zeichnungen, die über die Felsen der Insel verteilt sind.

Und sie kennen die Geschichte von Tou-Ema, Kontuac und Kintea-Ni, einen Teil von Giunakatis Geschichte und den Anfang der Geschichte von Keitutai, der Blume mit den winzigen Händen.

Was die anderen Geschichten betrifft, die anderen Leben und die übrige Zeit, so kann sie sich jeder selbst vorstellen und ausdenken: in Gedanken erfinden.

Denn das ist das Schreiben: ein Zeichen, ein Ruf an das Denken. Und das Lesen ist die Antwort, die das Denken gibt.